Przemek Zybowski

DAS PINKE HOCHZEITSBUCH

Przemek Zybowski

DAS PINKE HOCHZEITSBUCH

Roman

Luchterhand

Als das Telefon klingelte, ahnte ich bereits, dass es sich um die Mutter handeln musste.

»Agata hat angerufen. Deine Großmutter ist tot«, sagte sie.

Ich nahm die Nachricht stumm auf und antwortete bloß, ich würde gleich zurückrufen. Dann klopfte ich beim Professor an.

»Ich muss wegen eines Todesfalls nach Polen«, sagte ich deutlich zu laut.

Der Professor sprach mir sein Beileid aus. Vor allem aber kam ihm die Nachricht ungelegen. Ob ich nicht zwei Tage warten könne, wir seien gerade schlecht besetzt.

»Womit genau soll ich zwei Tage warten?«, wagte ich mich mit einer Frage vor.

»Eigentlich sind freie Tage nur bei nahen Verwandten vorgesehen«, versuchte sich der Professor rauszureden.

Als ich nicht reagierte, verfinsterte sich sein Gesicht. Der Professor fürchtete, ich könnte wütend werden. Dennoch zögerte er lange, bis er mir den Rest der Woche freigab.

»Danke!«, sagte ich wieder zu laut.

Ich ging nach Hause und schlief auf dem Fußboden ein. Zwischenzeitlich wachte ich auf und wusste nicht, wo ich war.

Der Wecker klingelte um 6 Uhr. Ich war hellwach, draußen war es noch Nacht. Ich zog einen dunkelblauen Anzug an und fuhr, obwohl es nicht auf meinem Weg lag, wie selbstverständlich zur Arbeit. Der Professor parkte gerade seinen neuen Mercedes. Auf der anderen Straßenseite wurden Äste geschnitten. Vielleicht fuhr ich zu nah an ihm vorbei. Ich bildete mir ein, im Rückspiegel zu sehen, wie er still und mächtig umfiel wie ein gefällter Baum.

Berlin – Radomsko, neun Stunden dumpfe Autofahrt. Nur am Grenzübergang stockte es. Vor dem Häuschen des Grenzpostens hatte sich eine tiefe Pfütze gebildet, in der sich mein gelber Mercedes spiegelte. Der Beamte schaute gelangweilt auf seinen Fernseher.

Ich fragte mich, ob die Eltern 1984 an der gleichen Stelle gestanden hatten, und da fiel mir wieder auf, dass ich ihnen die Flucht immer noch nicht verziehen hatte. Seit Jahren hatte ich keinen Umgang mehr mit ihnen, teilweise hatte ich mit niemandem Umgang, außer mit meinen Patienten.

»Hey Sie, was machen Sie da?«, rief der Beamte genervt, wahrscheinlich weil ich ihn vom Fernsehen abhielt. »Sie dürfen hier nicht stehen bleiben«, winkte er mich auf die polnische Seite hinüber.

Ich hatte mich in der Spiegelung der Pfütze verloren, als ginge es da drin weiter, als wäre dort der eigentliche Grenzübergang. Auf der polnischen Seite hielt niemand Wache.

Als ich am Bahnhof in die kopfsteingepflasterte und langgestreckte S-Kurve einbog, kam mir die kopfsteingepflasterte und langgestreckte S-Kurve zu langgestreckt und dennoch bekannt vor. Das war eindeutig ein falscher Eindruck. Ich fragte mich, ob falsche Eindrücke notwendig zu Missverständnissen führen müssen.

Den Wagen stellte ich am Stumpf der Kastanie im Hof ab, weil wir unsere Autos immer dort geparkt hatten.

Zügig betrat ich die Wohnung, als hätte ich das Büro des Professors gerade erst verlassen. Sofort glaubte ich, mich in Spinnweben verfangen zu haben. Ich ging zurück über die Schwelle und probte langsam den Eintritt ins Wohnzimmer. Der haftende Eindruck blieb.

Sie standen um das Bett versammelt, etwas verlegen und wie arrangiert, um mich zu beeindrucken. Die meisten waren wohl Nachbarn. Meine Cousine Agata und Tante Marta weinten. Ich sagte kein Wort, trat ans Bett, schaute die Tote an und wartete. Sie hatten die Großmutter gewaschen und neu eingekleidet. Eine Ausstellung kam mir in den Sinn. Plötzlich kam ich mir wie eine Büste vor.

Zunächst verschwanden die Nachbarn. Dabei musterten sie mich irritiert. Sie erwarteten, der Doktor aus dem Westen würde ein Wort mit ihnen wechseln. Als Marta und Agata das Wohnzimmer verließen, fragten sie, ob ich in der Wohnung bleiben wolle.

»Wir lassen den Haustürschlüssel auf dem Küchentisch«, sagte Marta.

Ich wollte schon antworten, ich sei nicht wieder eingezogen, auch nicht vorübergehend, unterließ es aber.

»In zwei Tagen ist die Beerdigung, so lange kann sie hierbleiben, draußen ist es kalt genug. Lass nur die Fenster offen, wenn du rausgehst.«

»Wir wollten warten, bis deine Eltern kommen. Deine Mutter will sich sicher verabschieden«, fügte Agata an.

Als alle draußen waren, genoss ich die Stille und das Nichtstun, das von dem toten Körper ausging und das keiner Rechtfertigung bedurfte. Die Autofahrt hatte mich sehr ermüdet, musste ich zugeben. Der Vater hatte die Fahrten nach Polen früher durchgezogen, als wäre er darauf programmiert worden. Auf dem Handy warteten sieben unbeantwortete Anrufe der Mutter.

Das Regal war in die Mitte verschoben worden und das Wohnzimmer damit zweigeteilt. So konnte ich mich mit dem Stuhl an der Seitenwand des Regals anlehnen und schaute auf die entblößte Wand, wo es einen hellen Abdruck hinterlassen hatte.

Es waren nur drei Schritte bis zur Wohnzimmertür, an die sich der kurze Flur und das Badezimmer anschlossen und wo es um die Ecke entweder in die Küche oder in die Vorratskammer ging. Als Arzt war ich dafür ausgebildet worden, wie ein Landvermesser die Entfernungen der Menschen zu ihren Diagnosen auszuloten. Sollte ich hier schlafen, hätte ich das Sofa für mich allein. Die Tote hatte ihren Platz im Jenseits des Regales eingenommen. Beim Einschlafen würde ich aus dem Fenster auf die Straßenlaterne blicken. Am Telefon hatte mir die Tote erzählt, dass die Kastanie krank war und deshalb gefällt werden musste. Oder – was wahrscheinlicher war – ein Nachbar wollte Geld mit dem

Holz machen. Ohne den Baum war das Wohnzimmer heller.

Ich stand auf, strich mit der rechten Hand über die neu entblößte, raue Wand. Auf einmal war ich mir sicher, dass jemand in Blindenschrift eine Nachricht für mich hinterlassen hatte.

»WAS SOLL DAS HEISSEN, ihr kommt nicht zurück? Von woher kommt ihr nicht zurück und warum?«, entlud sich die Stimme der Babcia in den Telefonhörer. »*Wariaci!* Ihr seid verrückt! *W Grecji,* in Griechenland seid ihr, bei den … nach Deutschland!? Zu den Kreuzrittern! Noch schlimmer! Wahnsinnige! Zu den Helmuts, *do Helmutów, do Szwabów, do Hitlerowców, do Gestapowców,* ihr seid komplett wahnsinnig geworden. Und was ist mit eurem Sohn?«

Mit der Fliegenklatsche in der geballten Rechten schaute er in die Weite dieses Sonntagmorgens hinaus. An der hochgewachsenen Kastanie vorbei, mit ihren noch grünstacheligen Früchten, über die sich kreuzenden Gleise und durchrauschenden Züge hinweg. Dabei konnte er riechen, wie sich die kohlenschwarze, dampfende Erde mit den Düften des Mittagessens vermischte: Brühe, Kartoffeln und Kotelett, Gurkensalat und Kompott. Parterre trat die Nachbarin Frau Słabowa aus ihrem Wintergartenanbau heraus und hängte ihre Kleider auf.

Diese alte Jungfer mit ihren abgestandenen Kleidern, alles, was sie tut, muss sie immer vor meiner Nase tun, dachte er. Die Babcia soll ihr bloß nicht erzählen, ich hätte geweint. Mist, oder habe ich doch geweint? Aber nein, keine einzige Träne habe ich vergossen oder vergessen.

Er war ganz durcheinander, etwas war anders, etwas hatte sich verändert: gerade aufgewacht oder schon seit Ewigkeiten nicht geschlafen, was war nur passiert?

Als er gestern, am Abend des 28. Juli 1984, aus dem Sommerferienlager an der Ostsee zurückgekommen war und die Eltern ihn nicht wie versprochen abgeholt hatten, hatte er sich sofort schlafen gelegt.

»Sie kommen sicher morgen«, hatte die Babcia gesagt.

Am Morgen hatte er sich – weil die Babcia ihm verboten hatte, den Fernseher anzumachen und stickend in der Küche saß – gleich nach dem Aufstehen die Fliegenklatsche geschnappt, eine silberne dicke Schmeißfliege nach der anderen totgeklatscht, darauf wartend, dass auch die Eltern mit der Schwester aus ihren Ferien zurückkommen.

Wie sonst soll ich mir die Wartezeit verkürzen? Und überhaupt, warum haben sie mich nicht mitgenommen? Es wollte ihm nicht einmal einfallen, wohin sie gefahren sind.

Hatte er denn alles vergessen?

»Tapfer, tapfer«, hatte die Babcia gestern zu ihm gesagt, als sie es war, die ihn abholte, und nicht die Eltern. Also konnte er wirklich keine einzige Träne vergossen haben. Wenn das Auto der Eltern gleich um die Ecke kommt, habe ich meinen Tapferkeitsnachweis schon erbracht. Ich bin ein tapferer Junge!, sprach er sich selbst Mut zu, als das Telefon klingelte.

Er näherte sich gerade dem Telefonhörer, als die Babcia ins Wohnzimmer stürzte.

»Warum um Himmels willen nimmst du denn nicht ab«, sagte sie, schob ihn zur Seite und riss den Hörer hoch an ihr großes Ohr.

»Hallo. Hallo. Hallo.«

Dreimal sagte sie Hallo, und dann sagte sie lange nichts. Sie schwieg so lange und so still, wie er es noch nie erlebt hatte. Die Babcia war nie still und selten leise. Die Babcia hatte immer etwas zu entgegnen, immer etwas auszusetzen. Sie hatte sich mit dem Hörer in der Hand sogar auf das Sofa gesetzt. Zum Telefonieren hinsetzen, das machte die Großmutter sonst nie, sie telefonierte immer nur kurz. Es sei besser, persönlich miteinander zu sprechen, von Angesicht zu Angesicht, telefonieren sei feige, hatte sie einmal gesagt, wie er sich jetzt zu erinnern glaubte. Außerdem könne man nie wissen, wer wirklich auf der anderen Seite der Leitung sei und ob nicht die Geheimpolizei des UB mithöre.

»Und was die Russen mit Polen vorhaben, das weiß nicht mal der Herrgott.«

Die Babcia sprang vom Sofa auf, senkrecht in die Luft, so dass er erschrak und wie automatisch mit der Fliegenklatsche gegen das Fenster klatschte, weil sie einen sehr hohen, schrillen Ton von sich gegeben hatte, wie eine Sirene, die Fliege oder die Babcia, das wusste er jetzt nicht mehr. Es war jedenfalls die Babcia, die ihn mit dem ausgestreckten Zeigefinger auf dem Mund ganz dringend ermahnte, leise zu sein, so als gäbe es etwas zu verheimlichen oder gar ein Verbrechen zu verschleiern:

»Psst!«

Doch außer ein paar toten, an der Fensterscheibe klebenden Fliegen hatte er sich nichts vorzuwerfen. Und die Fliegen ließen sich spurlos wegwischen, bevor die Babcia sie bemerkte.

»Das ist nicht euer Ernst!«, rief sie in den Hörer. »Ihr kommt auf der Stelle wieder. Das ist ein Befehl. Wisst ihr denn nicht, was die UB mit zurückgelassenen Kindern macht? Die stecken ihn in ein Waisenheim, ändern seinen Namen, und ihr hört nie wieder etwas von ihm. Das kann unmöglich euer Ernst sein. Was würde nur dein Großvater dazu sagen, kaum ist er unter der Erde, schon läuft seine einzige Enkeltochter zu den Deutschen über. Der würde sich im Grab umdrehen.«

Nachdem sie ihren Senkrechtstart beendet hatte, drückte die Großmutter ihm den Hörer in die Hand. »Deine Eltern kommen nicht zurück aus Deutschland, und du bleibst bei mir«, sagte sie und schien sich zu freuen, dass zumindest er ihr geblieben war, entriss ihm den Hörer aber gleich wieder, drückte ihm den Hörer dann wieder in die Hand, nur dass er jetzt nicht mehr wollte. Sie aber wollte auch nicht mehr und verschwand auf dem Speicher, wo sie so schnell nicht wieder hervorkommen würde, dachte er, während er sie über seinem Kopf auf und ab und hin und her stampfen hörte.

Und der Hörer, der hing erst einmal in der Luft.

Ein kurzes Klopfen, dann hörte ich jemand die Wohnung betreten.

Schlurfende Schritte, Gehstock, knarrender Korridor. Frau Herman, die bucklige Nachbarin, betrat das Wohnzimmer. Mit einer umständlichen Kopfdrehung aus der Tiefe ihres Skoliosebuckels heraus schaute sie zu mir hoch. Ein bösartiges Geschwür im Gesicht hatte sie stümperhaft mit Schminke bedeckt. Es drohte ihr von der Backe zu springen.

»So viel Licht in Gegenwart einer Toten gehört sich nicht. Ich hole gleich Kerzen«, sagte sie.

Jemand musste alle Lichter angemacht haben. Draußen war es dunkel. Die Tote fiel mir wieder ein. Trotz der offenen Fenster bildeten sich Rauchsäulen unter dem Kronleuchter. Der Aschenbecher quoll über mit Zigarrenstummeln. Mit einem angezogenen Knie lehnte ich jugendlicher und kühner gegen die Wand, als ich mich selbst sah. Auf dem Boden lag das Foto von einem Jungen im türkisen Anzug, mit einer Kommunionkerze in der Hand.

Als ich mich umdrehte, sah ich die Schriftzeichen an der weißen Wand. Frau Herman humpelte an mir vorbei. Ich stellte das Foto wieder ins Regal. Sie kniete sich hin, ergriff die verschränkten Hände ihrer toten Nachbarin, sprach ein Gebet. Dann setzte sie sich auf den Stuhl in der Mitte des Wohnzimmers, auf dem ich zuletzt gesessen hatte. Sie blickte mich mitleidig an, fast so, als wäre nun ich der Tote. Mein Rücken schmerzte. Die alte Frau rollte sich wieder in ihrem Buckel ein.

»Ihre Großmutter hat alles vorbereitet«, murmelte sie in Richtung Boden, »schon vor zwanzig Jahren hat sie ihren Namen und das Geburtsdatum auf dem Grabstein eingravieren lassen, neben ihren Eltern. Sie wollte am richtigen Ort begraben werden. Deswegen hat sie Sie in den letzten Jahren nicht mehr besucht. Sie fürchtete, unterwegs zu sterben und dann im verhassten Deutschland zu enden.«

Ich nickte.

»Richten Sie meinem Enkelsohn aus – hat sie mir noch vor zwei Tagen gesagt –, dass er nicht in Radomsko begraben werden muss, wenn er nicht will. Aber einmal pro Jahr muss er mich an meinem Grab besuchen, das soll er Ihnen versprechen. Ihre Schwester Marta, hat sie gesagt, habe ja einen Platz neben ihrem verstorbenen Mann sicher. Um sie aber würde sich niemand kümmern – außer Ihnen. Bis 2028 hat Ihre Großmutter für das Grab bezahlt, danach dürfen Sie entscheiden, was damit passiert.«

Wenn es nach der Toten ging, würde ich also in meinem 52. Lebensjahr aus meiner Pflicht entlassen.

Frau Herman erhob sich schwer vom Stuhl und humpelte Richtung Tür. Plötzlich kam ich mir vor wie ein Kind, das beim Schwimmen die Meter bis zum Grund zählte und Angst bekam.

»Erinnern Sie sich noch? Als Ihr Urgroßvater Franciszek krank wurde, schlief er hinter dem Regal und Sie zusammen mit Ihrer Oma auf dieser Seite. Jetzt macht die Trennung keinen Sinn mehr.«

Als die Tür ins Schloss fiel, konnte ich mich endlich von der Wand lösen. Ich versuchte die Schriftzeichen zu entziffern, die offenbar in großer Eile geschrieben worden waren.

»WIE KANNST DU deinen einzigen Sohn zurücklassen? Wann kommt ihr wieder? Er fragt, wann ihr wiederkommt?«, schrie die Babcia auf den Hörer ein. Er hatte weder gemerkt, wann sie das Wohnzimmer wieder betreten hatte, noch wagte er, sie zu unterbrechen. Auch wenn sie so schamlos die Unwahrheit verkündete! Es stimmte nicht, dass er sie gefragt hatte, wann sie wiederkommen würden. Dazu hatte ihm die Babcia gar nicht die Zeit gelassen. Oder hatte er es doch gefragt? Er erinnerte sich nicht mehr.

»Ich trage noch Trauer, da traust du dich schon, über die Grenze zu fliehen? *Jezus Chrystus Matka Boska*, wer soll uns helfen? Ganz allein bin ich geblieben, vom Ehemann verlassen, der Vater gerade mal vor drei Monaten gestorben, das einzige Kind ausgerechnet zu den Deutschen geflohen, wie kann das nur sein, wie kann die Tochter ihre Mutter ganz allein auf der Welt lassen? Wenn doch nur mein Vater noch hier wäre, *jak mnie wątroba boli*, oh herrje, wie mir die Leber schmerzt.«

Die Babcia steigerte sich immer mehr in ihren Zorn hinein, stampfte mit den Füßen auf der Stelle, schlug mit den Fäusten gegen den Fernseher, die Kommode, gegen die eigene Brust, sie war schon rasend und konnte trotzdem noch eine Schippe drauflegen, so dass ihre Sätze immer unverständlicher klangen, ja fast so, als wären es keine Sätze mehr, sondern ein tierisches Gackern oder Fauchen.

Er hingegen stellte sich vor, wie sich das Telefonsignal vom deutschen Ende der Leitung ans andere in das Wohnzimmer hin und her hangelte, dabei mehrfach Richtung und Meinung änderte, wie es für elektrische Signale üblich war – so hatte Uropa Franciszek ihm früher einmal Elektrizität erklärt –, ehe es wieder versuchte, sich über die Grenze zurück nach Deutschland zu schmuggeln.

»Jetzt seid ihr zu weit gegangen. Gemeinsame Sache mit den Deutschen zu machen, das ist verboten«, sagte die Babcia plötzlich völlig ruhig, als würde sie ihre Sätze einem unsichtbaren Buch entnehmen.

Während Großmutter und Mutter weiter über das Für und Wider der Geschichte und das Verbleiben ihres Enkelsohnes respektive Sohnes (abhängig von polnischer oder deutscher Perspektive) debattierten und sich dabei zu erinnern versuchten, was wirklich vereinbart und von wem wo gelogen worden war, versuchte er sich zu erinnern, wie seine Eltern überhaupt ausgesehen hatten, als sie in die Ferien aufgebrochen waren. Es wollte ihm partout nicht gelingen, sich ein Gesicht vorzustellen. Stattdessen erblickte er am Himmel, direkt in seine Fensteraussicht hinein, eine seltsame Erscheinung: einen Vogel, der einem Adler ähnlich schien, aber doch ganz anders wirkte, irgendwie menschlicher als ein Tier oder tierischer als ein Mensch. Er konnte seinen Augen kaum trauen, konnte sich nicht entscheiden, was er da wirklich in der Ferne sah. Jedenfalls schien ihm das Spektakel dort oben am Himmel weitaus interessanter als der Stellungskampf der Mütter, der zu einem Dauerkrieg ohne Sieger zu werden drohte.

Bis die Babcia den Kampf zumindest vorübergehend aufgab und das Wohnzimmerfeld ganz der Tochter überließ, die sie von nun an nur noch »die Deutsche« nennen wollte.

»Siehst du, habe ich dir nicht immer gesagt, dass deine Babcia dich mehr liebt, als deine Eltern es tun«, erklärte sie, wohl um ihn zu trösten, und lief dann weinend davon. Und der Hörer, der hing wieder in der Luft.

Er wollte ihr noch hinterherrufen, sie solle warten und ihm dabei helfen zu erkennen, was dort oben am Himmel kreiste, da war sie aber schon weg und kreiste stattdessen selbst von der Garderobe in die Speisekammer, blieb am Küchentisch hängen wie die Schmeißfliege am Kadaver, stopfte sich fettige Kartoffeln rein, dazu aus dem gleichen Topf Hähnchenbrust von vorvorgestern, paniert mit Mandelblättchen und getränkt in schlechtem Gewissen: Wegschmeißen kann ich dich nicht, und essen will dich sonst auch keiner mehr, undankbares Volk! Was soll sonst der Herrgott sagen, im Krieg gab es auch nur Schwarzbrot. Dann schmiss sie sich aufs Küchensofa, das tief vor der Fototapete eines Herbstwaldes parkte. Da lag sie nun, ein Koloss von einem Körper. Hässliche Füße, die großen Zehen gekrümmt, dicke, durch die Strumpfhose scheuernde Hornhaut an den Fersen, ein Riese im Wald, schluchzend und heulend, er hörte sie ganz deutlich durch die Wohnzimmerwand. Ihm war sogar, als könnte er durch die Wand hindurch sehen, wie ihr Riesenkörper zu dem eines sechsjährigen Mädchens wurde, dessen Tränen und Worte auf einmal französisch klangen. Eine ganze Weile heulte sie in das Küchensofa hinein, während er sich fragte, was das war, das sich von dort oben aus der Ferne allmählich, aber doch deutlich, ja bedrohlich schnell dem Fenster näherte.

Die Babcia sprang auf und eilte ins Bad, pinkelte, presste heftig, Gestank verbreitete sich im Wohnzimmer, ähnlich drückend wie ihr viel zu schweres Parfum. Dann die französische Heulsuse wieder raus aus dem Badezimmer, die Strumpfhose gerade eben über die Riesenunterhose gezogen und den Rock noch oben an den Brüsten, die Spülung röchelte kränklich vor sich hin, und die alten Rohre des Grand Hotels verkündeten wie üblich die frohe Botschaft, bis die Wohnungstür heftig zuschlug. Schon hörte er ihre Schritte wieder über seinem Kopf hin und her navigieren, die Grande Dame wollte auf dem Speicher schon mal um- und zur Seite räumen – *Allez les enfants* – für all die zurückgelassenen elterlichen Dinge, die auf dem Dorf darauf warteten, abgeholt zu werden. Dort, wo auch die Apotheke der Mutter noch war und wo sie noch vor kurzem alle zusammen gewohnt hatten.

Und der Sohn – dem Gott der Reisenden und Kaufleute Hermes als Pfand dargereicht, der Göttin der Erinnerung Mnemosyne zum Spiel in den Rachen geworfen –, er versank immer tiefer, so als ob sich der Boden in ein Moor verwandelte und ihn zu verschlingen drohte.

Bis die Erscheinung am Himmel – nie zuvor hatte er

so etwas gesehen – sich direkt vor seinem Fenster zeigte, mit einem Blitz in der Rechten, prächtig und erhaben und bedrohlich zugleich. Nun wusste er, was er da sah:

Er sah den Göttervogel selbst! Der lange Hals eines Kranichs, der Schwanz das noch frische Totenlaken von Babcias Vater, dessen Bild als Wasserzeichen in den Falten schimmerte.

Himmel, Donnerwetter!, dachte er, da gibt es keinen Zweifel. Der Göttervogel fällt tatsächlich!

Er riss sich von dem Anblick los und ging vom Fenster in Richtung Telefon. Es war, als rasten unzählige im Gewitterlicht leuchtende Leitplanken an ihm vorbei, als er den baumelnden Hörer in die Hand nahm. Die Mütter heulten. Die ganze Welt heulte, niemand verstand etwas, wie im russischen Zirkus, so ein polnisches Sprichwort. Ihm schien, nein, er war sich sicher, dass die eine Mutter auf Deutsch heulte, wie auf den Polaroids, die er aber erst viel später zugeschickt bekommen sollte, zusammen mit den Adidas-Schuhen, als die Eltern über Jugoslawien, Ungarn, Griechenland, Italien und die Schweiz schließlich in Deutschland angekommen waren. Insofern konnte tatsächlich etwas an seiner Wahrnehmung nicht stimmen, also rein chronologisch betrachtet. Auch waren die deutschen Polaroids in Wahrheit immer bunt und fröhlich. Aber es passte sehr gut, als er den baumelnden Hörer in die Hand nahm und den glühenden Göttervogel fest im Blick hatte, dass die Mutter bereits auf Deutsch weinte, wobei sie sich eigentlich noch in Griechenland aufhielt und fröhliche Urlaubsfotos schoss für ihren Sohn und vielleicht noch gar nicht wusste, wo sie letztlich landen würde. Aber vielleicht ahnte er ja zu dem Zeitpunkt schon mehr, nachdem er vergeblich am Bahnhof darauf gewartet hatte, dass die Eltern aus dem Urlaub zurückkamen. Und immerhin hatte er die Babcia zuvor auf Französisch weinen gehört, und das kam ihm völlig richtig, also real vor.

Doch als er den Hörer endlich an sein Ohr hielt, ertönte nur noch das Freizeichen, und der Göttervogel stürzte mit polnischem Donnern und deutschen Geistesblitzen in seinen Hörapparat, am Abhörorgan der polnisch-russischen Big-Brother-Behörde UB vorbei entzweite er ihn am Rückgrat zu einem auseinandergerissenen Buchrücken. Und das an dem Tag, der doch der Tag ihrer Wiedervereinigung hätte werden sollen.

FRAU HERMAN BETRAT das Wohnzimmer mit einem Glas Tee. Sie schaute mich fragend an.

Den Tee trug sie wie einen Kerzenleuchter in einem verzierten Glashalter mit silbernem Henkel, die Kerze hingegen stellte sie nackt auf den Tisch, neben den Kachelofen in die Nähe der Toten. Die beschriftete Wand hatte sich weiter ausgebreitet. Ich überließ Frau Herman den Stuhl, um den Ausschnitt mit meinem Körper zu verdecken. Die Teeblätter flogen noch wild umher, als sie mir den Tee reichte. Sie machte das Licht mit einem Seufzer aus. Dann fiel sie wie ein Stein in den Stuhl, so dass die Gläser im Regal klirrten. Diesmal machte sie sich nicht die Mühe, umständlich den Kopf zu drehen und zu mir hochzuschauen. Das Wohnzimmer war dunkel erleuchtet von der Kerze und der Laterne im Hof.

Ich schlürfte den Tee. Die letzten aufgebrachten Teeblätter spuckte ich zurück ins Glas und schaute ihnen beim Untergehen zu. Sie fielen einen präzise vorbestimmten Weg, bedeckten den Boden schwer wie Herbstlaub, das knisternd unter den Füßen nachgab.

Der Kopf der Toten zuckte im Kerzenschein. Frau Hermann war im Stuhl eingeschlafen und schnarchte. Durch die offenen Fenster war das Wohnzimmer auf Außentemperatur heruntergekühlt. Ich entschied, dass ich dennoch hier schlafen würde.

Das Telefon klingelte. Frau Herman sprang auf, überraschend beweglich wie eine Spinne, die auf Beute gewartet hatte. Sie nahm den Hörer ab, als wäre es ihr eigenes Wohnzimmer.

»Ihre Tante Marta möchte mit Ihnen sprechen.«

Es gefiel ihr nicht, dass ich abwinkte. Sie traute sich aber nicht, dem Doktor aus dem Westen zu widersprechen, und legte mit einem Nein auf. Verärgert murmelte sie etwas vor sich hin. Dann humpelte sie in Richtung Tür, während ich darauf achtete, dass sie die beschriebene Wand hinter mir nicht entdeckte.

»Ich weiß nicht, ob Sie das hören wollen«, sagte sie im Vorbeigehen. »Ich bin zwar deutschstämmig, aber in Radomsko geboren und aufgewachsen. Ihre Großmutter hingegen ist erst 1936 hier eingezogen, da war sie sechs. Sie kam aus Frankreich und sprach kaum Polnisch. Sie war die Grande Dame und das Haus ihr Grand Hotel. Dabei war es vor dem Krieg bloß ein Hotel für Bahnarbeiter gewesen. Aber Ihre Großmutter hatte in Frankreich noch erlebt, was es bedeutet, eine schöne Kindheit zu haben. Bis die Deutschen kamen.«

Sie hielt inne und holte tief Luft. Dabei hob sich ihr Buckel, während der Kopf noch tiefer zu Boden sank und wie ein schweres Pendel hin- und herschwang.

»Bis zum Schluss ist Ihre Großmutter dieses starrköpfige Mädchen geblieben, das sich gegen die Unglücksreise Ihrer Eltern stemmte«, sagte sie, als sie das Wohnzimmer schon verlassen hatte. Trotzdem schien es mir, als würde sie aus der Entfernung mit dem Stock nach mir ausholen. Vorsichtshalber duckte ich mich.

»Warum erzählen Sie mir das?«, fragte ich.

»Sie sprach immer so gut von Ihnen. Sie ähneln ihr sehr«, sagte sie und schlug die Wohnungstür zu.

Das Schattenprofil der Toten flackerte weiter vor sich hin, als wäre es von belustigten Zuschauerreihen umrahmt. Ich drehte mich zur Wand, da stach die beschriebene Stelle heraus wie ein Portal.

»Ja, ich gestehe, dass ich das vergilbte Buch erst aus dem Regal in der Vorratskammer genommen und es mir dann von den Bestien aus den Händen habe reißen lassen.«

Als wäre er hypnotisiert worden, stand er vor dem Bücherschrank, eigentlich nur ein Vorratsschrank mit einigen Büchern darin, und redete auf die abwesenden Eltern ein, deren Anwesenheit er sichweiter dachte, um überhaupt denken zu können.

Die Lücke war immer noch da. Er hatte zwar versucht, sie mit anderen Büchern zuzustellen, das eine, das wichtige Buch aber fehlte. Kein pinker Buchrücken leuchtete ihn an. Das Buch mit dem Hochzeitspaar auf der Vorderseite und den gezeichneten Sexstellungen im Inneren, ein Hochzeitsgeschenk der Volksrepublik Polen, war nicht mehr da, und er war schuld.

Dabei hatte er immer so gut aufgepasst. Selbst wenn die Eltern für zwei Stunden oder sogar mehrere Tage nicht da waren, hatte er es nicht angerührt. Im Hof damit angegeben, ja! Für sich im Stillen in der Vorratskammer ganz kurz angeschaut, das auch – aber runter in den Hof hatte er es auf keinen Fall mitnehmen wollen. Es war doch klar, dass Wojtek und Paweł, die beiden Bestien aus der Nachbarschaft, ihm das Buch wegnehmen würden. Er ärgerte sich sehr über sich selbst.

Die Eltern müssen die Lücke entdeckt haben, vielleicht sogar in einem Moment, als sie das pinke Buch am dringendsten brauchten. Wahrscheinlich haben sie dann sofort geahnt, dass nur er es genommen haben konnte.

»Was machen wir nur ohne das Buch!«, hatten sie sich mit Sicherheit gefragt und sich dabei vorgestellt, was er wohl mit diesem Buch machen würde, und vor allem: »Was stellt er in seinem Alter damit an?«, worauf er ohnehin nicht gewusst hätte, was antworten. Und danach müssen sie sich enttäuscht in ihr Auto gesetzt haben, um in den Westen abzuhauen. Seine jüngere Schwester haben sie mitgenommen, weil durch das fehlende Buch eine Lücke frei geworden war.

Dabei hatte er sich wirklich nur dieses eine Mal getraut, das Buch in den Hof mitzunehmen und sich hinter den *komórki* – den Schuppen, an denen die Taubenkäfige hingen – die Vorhaut zurückzuziehen. Genauer gesagt hatte er nur versucht, sich die Vorhaut zurückzuziehen, sie blieb aber vorne festgeklebt, was er schon immer seltsam gefunden hatte. Spätestens als Wojtek und Paweł herunterkamen, deren Vorhaut sich ganz problemlos zurückziehen ließ, hatte er sich geschämt.

Er war noch nicht mal ganz fertig gewesen, da hatten sie ihm schon das Buch aus den Händen gerissen. Wojtek und Paweł und auch Aleksander, der Zigeuner. Als hätten sie die ganze Zeit nur darauf gewartet. Das hat er wirklich nicht verhindern können. Aleksander durfte aber am Ende doch nicht mitmachen, der durfte noch nicht mal zuschauen, so schmutzig war der. Er hingegen hatte ja das Buch beigesteuert, und deswegen durfte er zuschauen, wie Wojteks höckeriger Vorsprung anschwoll und hervorstach, als er seine Hand unter das Hemd von Pawełs jüngerer Schwester Marysia legte. Nur ganz kurz, ein kurzes Vorspiel zu Hause bei Paweł, die Mutter war nämlich noch in der Küche, und Paweł, der strich schon mal das Geld ein von Wojtek, für die Leistungen seiner Schwester.

»Die Stimmung war heiter dank meines Buches, dank eures Buches, aber daran, dass es euer Buch ist, habe ich zugegeben in dem Moment gar nicht gedacht, vor Aufregung nicht, da ich so nah dran sein durfte. Aber wer so weit wegfährt wie ihr, dem steht eigentlich dort kein Eigentum von hier mehr zu – dort. Hier, wo ihr nicht mehr seid und wohin ihr auch nicht mehr zurückkönnt, seid ihr von dort aus auf die Gutmütigkeit derer hier angewiesen, die nun euer Zeug als ihr eigenes in Obhut nehmen«, redete er vor dem Bücherregal weiter auf die Eltern ein, ohne eine Antwort zu erhalten. Er fixierte genau die Stelle, wo das pinke Hochzeitsbuch früher gestanden hatte, als könnte er es wieder herbeireden.

Plötzlich vernahm er die Stimmen der Bestien, der zärtlichen Viecher Wojtek und Paweł und vom schmutzigen Aleksander, im Hof, dem Ball nachjagen: »Anhelli, Anhelli, komm runter, Anhelli, wir wollen spielen, auf, Anhelli, wir brauchen dich hier unten.«

Ja, er hörte es ganz genau, sie riefen ihn Anhelli, wie der junge Mann, von dem Uropa Franciszek ihm einmal erzählt hatte, dass er als Auserwählter das polnische

Volk eines Tages aus dem feindlichen Exil zurück nach Hause führen würde.

So entschied er, alles aufzusammeln, was nach dem kaum nachvollziehbaren Telefon-Blitzeinschlag von ihm übriggeblieben war, und stand größer und stärker da, wie der Blitz selbst – oder wie Väterchen Stalin, der aus einer Etage des Grand Hotels, früher auch Ballettsaal genannt, brüderlich sozialistisch, stalinistisch, also brüdalistisch zwei gemacht hatte, wie die Babcia zu sagen pflegte, wenn sie ausnahmsweise gut auf den Russen zu sprechen war.

Aus der verbrannten Asche hochgeschossen, himmelblau und klar sein Blick, kilometerweit über die Schienen hinaus gerichtet, bäumte er sich auf, am eigenen Schopf hochgezogen, fühlte den Schmerz im Rücken zwar, und doch, wie an unbekannten Strippen gezogen sprang er vom Sofa über den Stuhl zum Küchenfenster, wie eine Katze dem Nachtfalter stürzte er der Haustür entgegen – erstes zweites drittes Schloss: Warum hat die Babcia abgeschlossen? –, ohne vorher durchs Guckloch zu schauen, ob jemand im Flur patrouillierte, ob ein fremder Säufer zu Gast oder ein neugieriger Nachbar, keine Vorsicht, raus in den finsteren Flurgang, ehemals edler Hotelflur, so die stolze Franzosen-Babcia, über die künstliche Lichtbrücke an der offenen Tür zum Dachspeicher vorbei – wo die Babcia immer noch umräumte und wo der rotfuchsige Höllenhund mit dem wütenden Eiterpickel im Ohr vor dem Aufgang wachte – und ohne Angst durch das muffige Treppenhaus hinaus in den Hof: »Hier bin ich, ihr niederen Gestalten. Das Spiel möge beginnen!«

Die Kerze war erloschen. Es war kalt und dunkel. Ich trieb sprachlos im Kosmos umher, als hätte sich ihre Hand gerade aus meiner gelöst, als würde ich nie wieder diese Wärme spüren.

Ich überlegte, die Schwester anzurufen. Als wir noch Medizinstudenten waren, standen wir eines Tages im Keller des anatomischen Instituts vor der übergroßen Metalltür. Der Herr Professor hielt eine Ansprache über den ehrwürdigen Auftrag der Universität. Die Verstorbenen hätten ihre Körper der Wissenschaft zur Verfügung gestellt, damit wir sie studieren dürften, damit wir mehr über die Natur und das Leben erführen. Für die Wissenschaft sei die Anatomie so unverzichtbar wie das Fundament für ein Haus.

Dann wurde die Tür von innen geöffnet wie von unsichtbarer Hand. Ein hell erleuchteter Saal. Formalin. Vor dem stechenden Geruch wurden wir gewarnt, nicht gewarnt hat der Professor uns vor den silbernen Metalltischen, auf einem dicken Fuß thronend wie übergroße Zahnarztstühle, oder vor dem kalten Kachelboden, den zehn weißen Tüchern, die angeleuchtet wurden von den Deckenleuchten, den zehn Tutoren in weißen Kitteln daneben, wie Wachen, die uns in Empfang nahmen, erhaben, einschüchternd. Ich fürchtete mich vor dem Aufdecken des Gesichtes, davor, mich für immer in den leeren Augen zu verlieren. Eine Freundin verließ heulend den Raum, während der Tutor uns erklärte, was wir mit den Leichen die nächsten zwei Semester tun würden. Haut, Fett, Muskeln, Nervenbahnen, Gefäße freilegen, Organe identifizieren, von außen nach innen, Ansteckung unwahrscheinlich, kein Blut – welche Testate folgen würden und nochmal, wie wichtig es ist, sich im Saal respektvoll zu verhalten. Irgendwo im Raum hallten weitere Heulattacken, kurz, heftig, dann wieder absolute Stille. Die Freundin kam wieder. »Geht es?«, fragte der Tutor. Sie nickte. Es war ihr anzusehen, dass sie sich kaum unter Kontrolle hatte. Wieder herrschte absolute Stille. Dann wurde das Tuch angehoben.

Nicht den Tod fürchteten wir, sondern das Leben in den toten Körpern.

»Was ist denn heute in das privilegierte Söhnchen gefahren«, bemerkte Wojtek, als er ihn den Ball vier Mal hochhalten sah, während Aleksander nur drei Mal schaffte, diesmal also nicht er ins Tor, diesmal Zigeuner Aleksander ins Tor.

Die Gelegenheit schien ihm einmalig. Ohne den Ball abzugeben, dribbelte er los, im trockenen schwarzen Staub, wie noch nie, schoss aufs Tor wie noch nie, erntete allen Respekt des Spiels, er konnte es selbst kaum glauben, wie er spielte, diese Leichtigkeit, diesen Drang zum Ziel im rechten Bein, wie – noch – nie. Bis sie alle neidisch wurden auf ihn. Nicht der kleine Aleksander, aber die Älteren, Wojtek und Paweł, vor allem der bestialische Wojtek duldete keine Konkurrenz neben sich.

Wojtek war neidisch auf sein leichtfüßiges Spiel, auf seine neu gewonnene Freiheit – als klebten ihm Adidas-Schuhe mit Klettverschluss am Fuß –, neidisch auf sein plötzlich erstarktes rechtes Bein, das direkt aus dem Rückgrat des Blitzes kam.

Mit solch einem Wojtek war nicht zu spaßen, solch einem Wojtek wollte er es aber besonders zeigen, was wiederum Wojtek besonders anstachelte, dieser plötzliche Mut. Wojtek stets im Blick stieß er ins Mittelfeld vor, zwischen den Käfigen der scheißenden Tauben und der dicken Kastanie in einer langen Grätsche schwarzen

Staub aufwirbelnd prallten sie aufeinander, der Anführer der Bestien und er, der auserwählte Anhelli. Die Bestien ahnten noch nicht, dass er wirklich zum Auserwählten geworden war. Was sie aber stets gespürt hatten, waren die Allüren der aus Frankreich stammenden Großmutter-Babcia und den Stolz des kürzlich verstorbenen Uropa-Pradziadek-Partisan-Franciszek. Sie wussten aber noch nichts vom Abschied seiner Eltern und dass er auserkoren war, die polnische Hymne gen Westen zu singen. Sie hatten keine Ahnung davon, dass ihn noch am selben Morgen der Blitz des Göttervogels getroffen hatte und sein Zimmerfenster im Grand Hotel zum Firmament emporgestiegen war, seinen Blick weit in die fremde Welt öffnete und er dennoch tief verankert blieb im schwarzen Boden, in den er eine Spagatgrätsche nach dem Ball hineinrammte wie die stählerne Furche eines Traktors. Hätte Wojtek davon gewusst, er hätte ihm sicherlich respektvoll den Ball überlassen.

So aber stießen seine und Wojteks Grätsche zusammen wie zwei kollidierende Planeten, mit der Schwungkraft ferner Umlaufbahnen, die jetzt aufeinander zurasten, nach neuem Kompass suchend: ein unerwarteter Aufprall, ein Aufprall zwischen frühem Neid und großer Kraft, das erste Mal als Gleichrangige, genau in der Spielfeldmitte. Wojtek bot seine platte, harte Stirn, er hingegen seine rechte Augenhöhle – Augenhöhle gegen Kopfvoraus-Stirn. Sein rechtes Auge blitzte auf, als würde der Blitz durch das Rückgrat immer noch Funken schlagen. Er wollte den Ball, fiel nicht zurück, hielt stand, zum ersten Mal, so dass sie für einen langen Moment ineinander verschränkt blieben: die reine Seele und das Höllenfeuer. Für einige Sekunden kein Schmerz, keine Kollisions-Fliehkräfte, sie glichen sich aus, ein Stillgestanden in der Luft, siamesische Zwillinge, an den Köpfen zusammengewachsen.

Bis dann doch der Schmerz kam und das ungleiche Paar für immer entzweite, weil sie noch nie zusammengehört hatten.

Während des Teufels Bestie mit seinen Hörnern zwar taumelte, aber mehr auch nicht, schrie er auf wie ein junger Wolf. Mit dem Mut des Daheimgebliebenen, der seine Eltern gerade an die deutsche Zukunft oder an die polnische Rückschau verloren hatte, stürzte er Wojteks Teufelshörnern entgegen. Jemand musste für den erlittenen Schmerz büßen: Los und Sprung und wild mit dem Armen fuchtelnd auf Wojtek zu, ihn kopfüber als Grenzpflock in den harten, schwarzen polnischen Boden rammen, bis hierher und keinen Schritt weiter! Der sonst immer faustbereite Wojtek versuchte überraschenderweise nur zu schlichten, suchte nach Worten, bevor seine Fäuste diese davonjagten, um klare Verhältnisse zu schaffen.

Auch Paweł, ohnehin zahmer angelegt als Wojtek, versuchte zu beruhigen und ihn zurückzuhalten. Er aber wollte nichts davon wissen, er wollte Rache, göttliche Rache!, für all die vergangenen Demütigungen und Niederlagen. Jetzt sah er endlich die Chance, Wojtek, dem Anführer mit der heiseren, sich überschlagenden Stimme, diesem zukünftigen Verbrecher, wie die Babcia zu sagen pflegte, wollte er es heimzahlen mit einer durch Vernunft unbezwingbaren, animalischen Wut.

»Hau ab, du Pfeife«, warnte Wojtek. »Sag einer diesem Schwanz, er soll sich verpissen, sonst kriegt er einen Drehkick mitten in die Fresse – *pizda* (Fotze), *kurwa* (Hure), *chuj* (Schwanz), *skurwysyn* (Hurensohn).«

Das waren die zahmsten Worte, die Wojtek jemals in einer solchen Situation herausbekommen hatte. Nur wollte er einfach nicht auf sie hören, und dann fing Wojtek doch noch hämisch zu lachen an über seine misslingenden Versuche, ihn mit seinen Fäustchen zu treffen. Er schlug weiter wild um sich. Paweł hielt ihn zurück, wollte ihn vor noch größeren Verletzungen durch Wojteks berüchtigte Schlagkraft bewahren, ehe er selbst plötzlich Opfer eines der ziellos herumfliegenden Fäustchen wurde. Aus Versehen, ja doch, aus Versehen natürlich! Dennoch gab Paweł seine mildernde Haltung auf – selbst Bestie, die er nun mal war, nicht zum göttlichen Aufbäumen, sondern zum Zurückschlagen bestimmt. Der geistig Unterlegene kennt keinen großen Schmerz, wenn er gegen ein herumfliegendes, versehentliches Fäustchen zurückschlägt.

Älter und stärker nahm der gekränkte Paweł Anlauf und schleuderte ihn mit der Drehung eines Kugelwerfers gegen die Betonwand des Grand Hotels, auf der mit weißer Farbe das gegnerische Tor aufgemalt war, direkt ins rechte obere Eck, direkt ins Lattenkreuz.

Mit einem dumpfen Knall klatschte er mit dem Hinterkopf gegen die Wand, so dass die dahinter liegende Wohnung der Zigeuner erbebte und das sowieso unsicher hängende Bild von Papst Wojtyla in die Tiefe stürzte. Er hörte auf zu heulen und mit Fäusten um sich zu schmeißen. Benommen spürte er sein rechtes Auge pochen wie ein wild gewordenes Herz, hörte zurückweichende Vorhänge, aufklappende Fenster, weit aufgerissene Augen in der Grand-Hotel-Gemeinde wie auch in den angrenzenden, erdnahen Holzschuppen der Ganz-Elenden. Dort wohnten Wojteks und Pawełs Sippen auf einer Stufe mit den Schuppen: *węgiel* gleich Kohle, *kartofle* gleich Kartoffel, *jabłka i kury,* Äpfel und Hühner. Alle zusammen.

Jenseits des Regals schimmerte die Tusche im Licht der Laterne. Der Schreibfleck an der Wand war wieder ein Stück größer geworden. Diesseits würde ein Körper nicht mehr ausreichen, um ihn zu verdecken.

Plötzlich freute ich mich, als wären die Eltern wiedergekommen. Ich sprang ihnen in die Arme, oh Gott, wie ich sie liebte, sie hatten mich nicht verlassen. Ihr seid wieder da, ich hatte solche Angst, dass ihr nicht wiederkommt. Aber du weißt doch, dass wir dich nie verlassen würden, niemals, antworteten sie. Wir freuten uns alle wie Kinder. Dann wachte die Schwester im Kinderwagen auf und fing zu weinen an. Die Mutter nahm sie auf den Arm, und für einen langen Moment standen wir in der Hofeinfahrt unter der Kastanie, alle vereint.

War die Freude real oder eine Täuschung? Oder traute ich ihr nur nicht? War Freude in Anwesenheit der Toten erlaubt? Ich stand im Wohnzimmer der toten Großmutter, das war real, doch das Glück war größer, oder wie sollte ich die Wiederkehr der Eltern anders als Glück bezeichnen?

Erst der Schlag der Uhr brachte mich zurück auf den Boden der Tatsachen. Automatisch griff ich nach dem Handy, als würde ich einen Alarmknopf drücken. Mehrere Benachrichtigungstöne erklangen. Ich war mir sicher, dass die Mutter wieder angerufen hatte. Als das

Display drei unbeantwortete Anrufe meiner Klinik anzeigte, schob ich das Telefon angewidert zurück in die Seitentasche.

Die Tote war stets stolz darauf gewesen, dass ich Arzt geworden war. Nachdem die Nazis sie 1943 nach einem Kinobesuch aufgegriffen hatten – wegen ihrem schwarzen Haar hielt man sie für eine Jüdin –, hatte sie in der Gefangenschaft eine Fallsucht entwickelt und war seitdem auf Ärzte angewiesen. Das war vielleicht der Grund für ihren allzu großen Respekt diesem Berufstand gegenüber.

Draußen war die schwarze Erde zu Stein gefroren, die Morgensonne blendete mich. Das Spielfeld wirkte verwaist. Braune Kastanienschalen, verdorrte Blätter, schräg hängende, im kalten Wind baumelnde, klappernd geöffnete Taubenkäfige. Lange hatte hier niemand mehr Fußball gespielt. Das mit weißer Farbe auf die Hauswand aufgemalte Tor war kaum noch zu sehen. Über den verblassten Torrahmen, direkt über dem rechten Lattenkreuz, leuchtete in weißer Farbe das Wort Sex wie eine bestellte Aufheiterung.

Eine Gruppe von Kindern kam angerannt. Sie spielten Fangen. Als sie mich entdeckten, blieben sie abrupt stehen und folgten mir mit ihren Blicken.

Wie in Zeitlupe bog der Mercedes der Eltern um die Ecke. Sie mussten die ganze Nacht durchgefahren sein, wie sie das immer getan hatten, wenn wir nach Polen fuhren.

Nachdem sie ihren Wagen hinter dem meinen geparkt

hatten, stiegen sie aus und blickten mich aus der Entfernung erschöpft an, als stünde ein Arbeitstreffen bevor. Eins, vor dem die Mutter eine panische Angst hatte, da sie die Anwesenheit der Toten schon zu Lebzeiten nicht hatte ertragen können. Den Vater konnte man beim Aussteigen sofort erkennen an seiner stillen Anklage, ohne eine von ihm bestimmte Notwendigkeit nach Polen gekommen zu sein.

Vorhänge im ersten Stock bewegten sich, Nachbarn blickten neugierig herunter. Ich bekam kaum ein Bein vor das andere, etwas hielt mich zurück. Die Eltern nahmen nicht den Eingang über den Hof, sondern den über die Straße. Wahrscheinlich um den Blicken der Nachbarn zu entgehen. Ich setzte mich auf den Stumpf der Kastanie zwischen die beiden Autos. Das jedoch war unüberlegt, weil ich jetzt als der Aufpasser für den neuen Mercedes der Eltern missverstanden und nicht sofort meinem gelben Mercedes zugeordnet werden konnte. Damit nicht von Äußerlichkeiten wie Kilometerstand, Farbe, Alter, Modell auf meinen Charakter geschlossen würde, drehte ich dem Wagen der Eltern den Rücken zu.

Um die Ecke der Hofseite tauchte ein Junge auf. Er ging an mir vorbei, ohne mich oder die Autos anzuschauen. Ich nahm ihm seine Ignoranz nicht ab, sie musste vorher abgesprochen worden sein. Der Junge verschwand in der Remise. Es war laut darin, eine Frau schrie kleine Kinder an. Die Spitzenvorhänge waren schmutzig. Ein anderer Junge, jünger als sein Vorgänger, blieb an der gleichen Ecke stehen und beobachtete mich. Kurze Zeit später kamen weitere Kinder hinzu. Ich fragte, warum sie aufgehört hatten zu spielen. Sie schauten einander nicht wie Kinder an und liefen zurück aufs Spielfeld.

Neben mir eine Pfütze, in der sich meine Silhouette spiegelte. Wahrscheinlich hatte jemand heißes Fett ausgekippt und so den gefrorenen Boden aufgetaut. Als ich meine Schuhsohle eintauchte, hallte es von irgendwoher: *kałuża*.

Das Wort klang wie eine kalte und leblose Vokabel einer unbekannten Sprache. Ich wiederholte es mehrmals, während ich mich mit der Schuhspitze dem tiefsten Punkt der Pfütze näherte. Bis ich ein Bild darin erkannte: ein Junge an der Hand seiner Großmutter, von hinten aufgenommen, dazu ein Schrei: *Uwaga kałuża!* Achtung Pfütze! Mit dem Schrei kam der vertraute Klang des Wortes wieder zurück, als wäre er nie weg gewesen.

In die 3. Klasse war ich damals ohne Deutschkenntnisse eingeschult worden: unbekannte Vokabeln, fremde Öffentlichkeit, Musikunterricht, Häkeln, laut sein im Unterricht, essen im Unterricht, es war aufregend anders. Nach ein paar Monaten sprach ich fließend genug, um eine Drei im Halbjahreszeugnis zu bekommen. Ich sehe mich im Erdkundeunterricht, wie ich an die Tafel schaue und abschreibe, was wir am nächsten Tag für den Ausflug zum See mitbringen sollen: Apfel, kleines Messer, Korb. In mein Heft schreibe ich: *jabłko, mały nóż, koszyk*. Und ich höre noch, wie mich die Lehrerin darauf aufmerksam macht, dass ich Deutsch schreiben soll. Als hätte sie mich beim Schummeln ertappt.

Die Eltern näherten sich von der Hofseite. Sie waren nicht lange bei der Toten geblieben. Ihr wart nicht lange bei der Toten, wollte ich sagen, da standen sie schon direkt vor mir.

Ich zündete mir eine Zigarette an.

Undankbarer Junge, glaubte ich den Vater sagen zu hören, obwohl er keine Regung zeigte.

»Ist dir in deinem Anzug nicht kalt? Du brauchst eine Jacke«, sagte die Mutter.

»Ich friere nicht«, sagte ich.

»Morgen ist die Beerdigung.«

»Ich weiß.«

»Wir gehen Mittag essen, kommst du mit?«

Sie wirkten erleichtert, nachdem sie die Tote nun gesehen hatten. Ich fragte mich, warum sie die beschriebene Wand nicht erwähnten.

»Ich habe keinen Hunger«, sagte ich mit deutlicher Verspätung.

»Seit wann rauchst du so viel?«

»Ich rauche nicht viel.«

Der Vater sagte immer noch nichts.

»Wir werden bei Radek schlafen und morgen nach der Beerdigung zurückfahren. Dein Vater muss übermorgen wieder arbeiten. Er kann die Praxis nicht so lang schließen. Deine Schwester vertritt ihn.«

Sie drehten sich zu ihrem Mercedes. Der Vater öffnete den Wagen mit der Fernbedienung.

»Er will nicht mit uns sprechen, beleidigt und trotzig wie ein kleines Kind«, hörte ich Mutters Stimme noch.

»So viele Jahre, und er ist noch immer nicht Herr seines Lebens. Ich frage mich, wie er es schafft, mit den Patienten zu arbeiten«, ergänzte der Vater.

»Du hast ihm zu lange Geld gegeben«, sagte die Mutter.

Als ich gerade fragen wollte, warum die Schwester nicht zur Beerdigung hatte kommen dürfen, bog ihr Auto bereits wieder um die Ecke.

An den spielenden Kindern vorbei holte ich Kohle aus dem Vorratsschuppen. Mein Gang kam mir etwas schleppend vor. Jemand fragte, ob ich der verschwundene Enkelsohn der Verstorbenen sei. Ich lief weiter, ohne aufzuschauen, und fragte mich, ob ich zuvor schon mal zwei Blecheimer voll Kohle die Treppe hochgetragen hatte. In der Wohnung prüfte ich das Gewicht. Ein Eimer brachte 13 Kilogramm auf die Waage. Ich wusste keine Antwort.

Dann verschob ich die gusseisernen Ringe des Küchenofens, warf die Kohle hinein, ein paar alte Zeitungen, Holzscheite, etwas Müll, und machte Feuer. Fast augenblicklich wurden meine Bewegungen flüssiger. Butter, Gurken, ein Stück Wurst und in Plastik eingehülltes Brot fand ich im Kühlschrank, stellte Tee und ein paar kleine Gläser Wodka auf den Tisch, die stets gleichen Zutaten. Alles stand an seinem Platz, das hätte der Toten gefallen.

Der Blick am Wasserturm vorbei auf die Kleingärten und auf die durchfahrenden Züge war wie ein Platz im ersten Kinorang. Vielleicht ging es der Toten ähnlich, vielleicht hatte auch sie den Eindruck, dass der eigentliche Film draußen ablief, während sie drinnen nur Kulissen verschob. Über achtzig Jahre hatte sie sich nicht von der Stelle bewegt.

Ein Güterzug ratterte über die Bildfläche, von Ost nach West.

Vor mir in der Schublade fand ich ein kleines Küchenmesser. Ein großer Kartoffelsack stand aufgerissen in der Ecke neben dem Kühlschrank, noch halbvoll. Ich begann zu schälen, das Messer aber war zu stumpf, um die Kartoffelschalen ganz dünn hinzukriegen. Immer wieder schlief ich ein und erwachte erst, als das Messer und die Kartoffel mir aus der Hand zu Boden fielen. Dann fing ich wieder von vorne an, versuchte, dünner zu schälen, schlief ein, erwachte vom Aufprall. Ein Auf und Ab.

Als er nach dem Knall gegen die Betonwand langsam wieder zu sich kam, schwindelte ihm. Dennoch sah er deutlich, wie sich die Nachricht verbreitete wie ein Lauffeuer. Plötzlich wussten es alle, dass die Eltern in den Westen geflohen waren. Alle schauten sie in den Hof wie in einen übergroßen, brodelnden Suppenkessel hinein, auf das am heiligen Sonntagmorgen jäh unterbrochene, unheilige Spiel. Dabei mussten zu dieser Uhrzeit doch alle eigentlich in der Kirche sein, nicht im Hofkessel sich gegenseitig mustern, sondern nach vorne zum Altar blicken.

Scham und peinliche Stille machten sich unter den Anwesenden breit – welch eine Hofgemeinde, die sich hier schuldig von Angesicht zu Angesicht im Kreise umblickte, den einzigen Verantwortlichen für diesen morgendlichen Krach auszumachen willig. Jedenfalls konnte das nicht ungestraft bleiben, wie er da lag, im aufgewirbelten Staub unter dem weißen Torrahmen! Die Hofgaffer ahnten Böses über sich hereinbrechen: So durfte doch der Enkel von Frau Słowiańska nicht in die Luft gewirbelt werden, und das auch noch vor den Augen des ganzen Hofes, raunten sie. Frau Słowiańska ist die einzig Gebildete hier im Hof, eine Respektsperson, und ihr Enkelkind, der Sohn von den nach Deutschland geflohenen Herrn und Frau Doktor, die einzige Hoffnung auf zukünftigen Anstand. Ja, sicher musste er zurückgelassen werden, so sind die Zeiten jetzt, ein aufrechtes Leben schwer, überall Banausen oder Politbonzen in Seilschaften, sprach sich die Hofgemeinde einhellig aus, nutzte den Moment, da sie schon als Gaffer denunziert worden waren, um auch die Zeit selbst zu denunzieren und darin Entlastung für sich zu suchen. Die Regale leer, gehen oder bleiben, klauen oder hungern, welche anderen Fragen beschäftigten die normalen Leute, ausreisen oder Patriot bleiben und beten oder doch ins bunte Ausland, egal wohin, sogar zu den Deutschen, so tuschelten sie, nur trauen müsste man es sich, es sich zutrauen, das kann nicht jeder, manche, viele!, aber nicht jeder kann seine Heimat verlassen. Verwandte in den USA um eine Einladung bitten und dann wieder Schlange stehen, diesmal für ein Visum, oder vielleicht doch Kanada, aber seinen Sohn unserem Gesindel zum Fraß vorwerfen, empörten sie sich, teils nur mit Unterhemd bekleidet. Na, Gott sei Dank hat der noch seine stolze Babcia Frau Słowiańska, die kümmert sich jetzt um unseren klügsten Hoffnungsträger, bestimmt ein *Herr Doktor in spe*. Schwierige Zeiten, oh Herr Gott, *Pan Bóg*, in dein Antlitz wir gehen sogleich in die Kirche, sobald wir hier haben nach deinem Willen Gerechtigkeit walten lassen, gehen wir sofort unser sonntägliches Gebet dir vortragen. Vorher lassen wir aber Wojtek und Paweł die verdienten Peitschenriemen spüren. So den Jüngsten unter euch zu behandeln!

Aleksander ist eigentlich jünger, aber wozu solch Kleinigkeit anmerken, jetzt werde ich sie lieber nicht unterbrechen, dachte er, wenn sie mir schon so überaus wohlgesonnen sind, dann bitte:

Oh, da kommt ja auch Herr Pluta, der Taubenzüchter, dessen Tochter ist in den USA, *w Ameryce*, der trägt für Frau Słowiańska immer die Kohle hoch, und das in seinem Alter. Der hat viele Orden aus dem 2. Weltkrieg mitgebracht und kannte den kürzlich verstorbenen Herrn Franciszek gut, das Gewissen des Grand Hotels. Gott hab ihn selig. Waren die nicht sogar über Jahre zusammen im Untergrund gegen die deutschen Besatzer? Dessen Vetter wiederum kämpfte angetrieben von den Gewehren der wilden Russen als polnisches Kanonenfutter an vorderster Front um die Eroberung Berlins und hievte die russische Fahne aufs Brandenburger Tor, was der verlogene Russe dann sich selbst gutschrieb und was dann als die Wahrheit in die Geschichte der Bilder einging.

Oje, schwierige Zeiten, da wird Frau Słowiańska aber wütend werden, wenn sie das blaue Auge ihres Enkelsohns sieht. Wird sie etwa die Miliz rufen? Nein, das würde sie nicht tun, die Grand Dame kann ja selbst nichts anfangen mit denen. Die wird aber die sozialistische Oppositionspartei informieren und die Patienten des Gesundheitszentrums kräftig gegen uns Gesindel aufbringen, als Sekretärin hat sie einen guten Draht nach oben, sieht jeden rein- und rausgehen zum Chefchirurgen. Wir armes Gesindel, weg können wir nicht und mit weniger kaum die Mägen zufriedenstellen, und stinken tun wir auch, aber nicht so wie die Zigeuner, ihr Zigeunerbrut! Eigentlich habt ihr gar kein Recht, hier mit uns einzustimmen. Aber euch verzeiht es wenigstens die Kirche, ihr habt ja keinen Glauben, ihr stinkendes, gottloses Gesindel,

zicke zacke zicke zacke,
hoi hoi hoi!

Die Schwester rief an und fragte, was ich so lange bei der toten Oma machte. Ich sagte, dass ich auf die Beerdigung wartete und danach wieder fahren würde. Ob wir uns wieder gestritten hätten, wollte sie wissen. Der Kontakt zu den Eltern ist seit Jahren abgerissen, dies läge aber nicht an mir, hatte ich überlegt zu antworten, da sprang sie schon über zu vollem Wartezimmer und Patienten, die nur reden wollten, oder so etwas, ich konnte nicht mehr richtig zuhören. Wenn genug Zeit gewesen wäre, hätte ich sie gefragt, warum sie nicht zur Beerdigung hatte kommen wollen. Ohnehin hätte sie gedacht, dass die Beerdigung gestern gewesen sei, sagte sie schließlich von sich aus. Vielleicht um sich zu entschuldigen, was sie bei mir nicht hätte machen müssen, dachte ich. Bis ich das Besetztzeichen hörte, schaute ich auf den Blumentopf vor mir und bemerkte, dass ich mich weder mit deutschen noch mit polnischen Blumennamen auskannte. Dann fühlte ich mich irgendwie enttäuscht, aber nicht wie früher und wie ich es hätte vermutlich sein sollen bei meiner einzigen Schwester.

Es klopfte an der Tür.

Als ich mich umdrehte, fiel mir der grüne Tannenbaum auf, der am Herd klebte, *Made in Germany*, wahrscheinlich ein Zeichen der Umweltbewegung. An der holzverkleideten Wand im Flur erkannte ich einen verblassten

Jedi-Ritter-Aufkleber, der war zweifellos polnisch. Den Wasserkocher kannte ich nicht. Mehr Unterschiede zwischen alt und neu waren nicht festzustellen. Eine Illustrierte der Toten, die ich vorher ebenfalls nicht bemerkt hatte, lag auf dem Küchentisch. Der Kugelschreiber markierte die Seite mit dem Kreuzworträtsel. Es war nicht zu Ende gelöst. Die Tote war wohl davon ausgegangen, am nächsten Tag daran weiterarbeiten zu können.

Marta und Agata betraten eilig die Wohnung. Die Sonne stand tief. Es musste früher Nachmittag sein.

»Es ist unsere heilige Pflicht, nach dem Rechten zu schauen«, so Marta.

»Was ist mit dir los, hast du dir den Kopf gestoßen?«, fragte Agata.

Ich tastete meine Stirn ab und glaubte tatsächlich, eine Beule zu spüren. Mir fiel ein, dass ich die beschriebene Wand vergessen hatte.

»Deine Eltern haben keinerlei Wertschätzung für die Familie. Sie ziehen Fremde vor«, empörte sich Marta.

Von zwei Seiten umzingelten sie mich an dem engen Küchentisch. Mit ihrem Übergewicht und den Pelzmänteln glichen sich Mutter und Tochter, als wären sie Spiegelbilder. Ich schaute auf den Boden und mimte ein schmollendes Kind. Vielleicht würden sie es in Ruhe lassen, hoffte ich.

»Wieso übernachten sie nicht bei uns, sondern bei Radek?«, fragte Agata.

»Alle zehn Jahre kommen sie mal in die Stadt, und dann interessieren sie sich nicht für die eigene Familie, sie sollten sich schämen«, legte Marta nach.

Es war schließlich Agata, das unterschätzte Patenkind meiner Mutter, wie sie sich selbst bezeichnete, die die Vorwürfe unterbrach:

»Morgen früh wird Oma abgeholt, die Beerdigung ist um zwölf.«

Dann saßen wir für einen Moment ordentlich und symmetrisch im gleichseitigen Dreieck am Küchentisch und schwiegen. Als Mutter und Tochter begannen, die unangenehme Stille als irgendeine Form der gemeinsamen Andacht misszuverstehen, sagte ich, dass der Sarg nicht durch die Tür passe.

»Was? Woher willst du das wissen?«, sprang Marta erschrocken auf und stieß an den Küchentisch, worauf die Wodkagläser umkippten. »Und was soll überhaupt all der Wodka und die eklige fette Wurst?«

»Der Gang ist nicht breit genug«, sagte ich, als hätte ich ihn gerade ausgemessen.

»Stimmt, ich erinnere mich«, pflichtete Agata mir bei. »Als Opa gestorben war, mussten sie den Sarg wieder in den Hof bringen und den Leichnam im Betttuch die Treppe runtertragen.«

»Das ist eine Schande, was werden die Leute denken. Komm, wir müssen mit dem Bestatter reden, sonst will der mehr Geld, und am Ende müssen sowieso wir alles allein bezahlen«, sagte die Mutter beim Hinausgehen zu der Tochter.

Der Wodka tropfte mir von der Tischkante auf das linke Hosenbein. Das Küchenfenster erzitterte. Ein Schnellzug rauschte durch von West nach Ost.

In der Illustrierten las ich, dass Polen vor dem 1. Weltkrieg eines der ärmsten Länder Europas gewesen sei, weil es wie ein Kuchenstück zwischen Preußen, Österreich und Russland aufgeteilt worden war. Der Hunger habe die Polen auf der Suche nach Arbeit vor sich hergetrieben, die meisten nach Frankreich, manche in die französische Fremdenlegion nach Nordafrika. »Wie mein Vater«, hatte die Tote daneben notiert. In den 30er Jahren hätten die Franzosen genug gehabt von der größten Minderheit in ihrem Land und die Aufenthaltsgenehmigungen nicht mehr verlängert. So seien viele Polen zwar zurückgeschickt worden, aber dennoch glücklich gewesen, ein Zuhause zu haben im nach dem 1. Weltkrieg wiedervereinten Heimatland. Radomsko sei zu der Zeit nicht mehr Teil von Russland und durch eine Bahnstrecke direkt mit Wien verbunden gewesen. Die berühmte Wiener Möbelfabrik Thonet habe eine Zweigstelle gegründet, um ihre Kaffeehausstühle und Kinosessel zollfrei nach Russland verkaufen zu können.

Mit feuchten Hosenbeinen stand ich steif vom Küchentisch auf, nahm die Illustrierte mit und ging breitbeinig ins Wohnzimmer.

Ich schob den Stuhl ganz nah an die Wand und versuchte mit dem Kugelschreiber nachzuzeichnen, was jemand in der Nacht kaum leserlich protokolliert hatte. Ich kam mir vor wie ein Mönch, der alte Schriftfetzen übersetzte. Buchstabe für Buchstabe übertrug ich den Text auf die freien Stellen in der Illustrierten.

Bei jedem Klatschen der Fliegenklatsche hatte er diesen Augenblick herbeigesehnt und gedacht: Meine Zeit wird kommen. Wenn ich eines Tages ganz vernichtet scheine, verlassen, ganz alleine, dann werdet ihr alle sehen, wozu göttlich Auserwählte, die ihr schwach geglaubt, zu welchen Taten sie fähig sind.

Er richtete den unschuldigsten Blick ins Nirgendwo, ganz scharf vorbei an den zu Säulen erstarrten Wojtek und Paweł, und ließ zu dem Zeitpunkt völlig unerwartet, ganz gezielt, fabelhaft vorsichtig mitten in die immer noch brodelnd-angespannte Kesselstille hinein, der feinen Hand eines Zauberers gleich, wie von Geisterhand geführt, als würde er einen Marienkäfer auf seinem in die Luft gehaltenen Zeigefinger landen lassen, so behutsam ließ er zunächst nur eine einzige Träne aus seinem linken Augenwinkel kullern, so dass sie sie alle aufblitzen sehen konnten: die Diamantenmurmel, wie sie aufkeimte, eine wundervolle Umdrehung nach der anderen, mitten auf seiner linken Wange, wie ein göttlich erleuchtetes Muttermal.

Als die Träne schließlich zu Boden fiel, war die Spannung im Hofkessel nicht mehr auszuhalten. Manche hielten sich an den Händen fest, andere waren so gerührt, dass sie sich in den Armen lagen vor Ehrfrucht. Eine unbekannte Frau kniete nieder. Die Mutter von Judenbub Teofil verlor das Bewusstsein und fiel in die Arme ihres Sohnes. Frau Słabowa schrie vor Schreck auf, so sehr spürte sie das Erdbeben der Träne in ihren porösen Gliedmaßen und der bröckelnden Remise. In den Wohnzimmern der Holzbaracken zitterten Schränke und Gläser. Die am äußersten Rand zeigten fromm mit dem Finger auf ihn und fragten sich flüsternd:

Welchen Weg wird die Träne einschlagen? Bedeutet sie Strafe oder Vergebung?

Die Hofgemeinde rückte im Halbrund noch näher zusammen. Die Träne blieb einen kurzen Moment auf dem Boden liegen und rollte dann Umdrehung nach Umdrehung, immer schneller und bestimmter, bezaubernd schön in die Mitte des Spielfeldes zu den ungläubig blickenden Bestien Wojtek und Paweł. Sie wollte jeden Zweifel ausräumen!

»Wie doch die göttliche Kraft Ewigkeit und Auslöschung gleichermaßen zu schenken vermag«, hörte er die Gemeinde demütig flüstern, während er immer noch darniederlag an der Wand und jeder Kraft beraubt schien. Da entschied er, seinem Körper ein allmähliches, leichtes Zittern zu verleihen, ein Frösteln, das sich dann – dem pochenden Herzen im Auge gleich – zu einem Beben steigerte.

Alle sollten es sehen, wie Wojtek und Paweł das Grauen ins Gesicht geschrieben stand! Die teuflischen Kinder sollten nun ihre angemessene Strafe bekommen, da waren sich alle sicher.

»Scharfsinnig und schamlos habe ich das Gesindel auf meine Seite gebracht, wenn ihr das gesehen hättet, ihr wäret mächtig stolz auf mich, mächtig stolz!«, sagte er zu den abwesenden Eltern.

Kaum aber hatte er es gesagt, flößte ihm die Ergebenheit ihrer Gesindelgesichter Angst ein. Nie zuvor hatte er eine vergleichbare Macht verspürt: Wie verstört sie waren, wie folgsam, ohne eigenen Willen.

»Rauf aufs Schafott mit den Bengeln, brennt ihnen ihre Sünden heraus«, forderte die Hofmeute einhellig.

Sie schienen es wirklich ernst zu meinen. Aus geöffneten Fenstern, durch Spitzenvorhänge hindurch, hallte ihre Wut über den ganzen Hof und feuerte die an, die direkt am Rande des Geschehens standen, am schmalen und gefährlichen Rand des Hofkessels. Teils nur in Unterhemden bekleidet die Männer, die Frauen noch in billigen Negligés, bekleckert oder mit Küchenschürzen barbusig vor dem Herd oder gerade dem Bett entschlüpft, also gar nicht im heiligen Sonntagszwirn, doch mit Stöcken und Besen bewaffnet, stürzten sie sich auf Wojtek und Paweł. Schon überlegte er, ob er die entfesselte Gemeinde zügeln sollte, da endlich kam die Babcia vom Speicher heruntergeeilt. Auf meine Grand Dame kann ich mich wirklich verlassen, atmete er erleichtert auf. Doch sie heizte die Stimmung sogar noch zusätzlich an:

»Das arme Waisenkind, Eltern bei den *szwabowscy* und hier nur dreckiges Gesindel, *mon dieu*!«, schrie sie beide Arme dem Himmel entgegenstreckend, so erregt war sie, dass sie Französisch sprach.

»*Rien ne va plus!* Wer kann schuld sein an diesem großen Übel? Pässe und Papiere allein?«

Kurz überlegte er, ob ihm Babcias himmelschreiende

Bevormundung peinlich sein sollte, schließlich war er kein Waisenkind – *sierota*, das war sicherlich übertrieben! Aber die *Partei Babcia* hatte von der demokratischen Opposition gelernt. Die konnte reden, Mitleid erregen und gleichzeitig wütende Anklagen führen, eine wahre slawische Seele musste immer in der Lage sein, Freund und Gefangenen zugleich in einer Person zu erkennen, Angst einzuflößen mit einer *Grande Armée* an Verbündeten, die um die Ecke stand, bereit zum Angriff, obwohl ganz allein auf weiter Flur. Die gegen jede Vernunft, gegen den übermächtigsten Gegner gewonnene Schlacht, das war die Illusion, von der sich die Babcia und schon Uropa-Pradziadek-Partisan-Franciszek stets genährt hatten, als er 1921 unter dem Befehl von de Gaulle die polnische Exilarmee zum Sieg über die Russen an der Warschauer Weichsel geführt hatte: »Das Wunder an der Weichsel hat auch die Deutschen vor der bolschewistischen Revolution bewahrt! Die sollten uns dankbar sein!«, wie die Babcia gern ihren Partisanenvater zitierte.

Mit ihrem Auftritt hatte sie die letzten Zweifler auf ihre Seite gezogen, selbst solche, die sie nicht ausstehen konnten. Aber gegen polnischen Geschichtsstolz wagte niemand etwas auszurichten, selbst oder gerade wenn sie nur Zigeuner oder Juden waren, gegen die glorreiche polnische Geschichte zu sein hieß, sich in die eigene Haut zu schneiden, entweder mit einem deutschen oder mit einem russischen Messer.

Gegen Babcias gut gemeintes Waisen-Diktat ließ sich in dieser Situation also nichts vorbringen, er hatte es schwer und durfte es auskosten:

»Oh herrje, seht meine Not, fort sind meine Eltern, ich wie tot.«

»Oh herrje, seht seine Not, fort sind die Eltern, er wie tot«, antworte das Echo des Hofgesindels.

Jetzt begriffen Wojtek und Paweł endgültig das wahre Ausmaß des drohenden Grauens, hier im abgeschotteten Hofkessel, eingekreist von einer wütenden und völlig von ihrer Schuld überzeugten Meute. Von panischer Angst, ja von Todesangst erfasst, kletterten sie auf den fünf Meter hohen Fabrikzaun und sprangen von dort oben in einem nie da gewesenen Satz auf das Dach der Schuppen, so dass die Tauben- und Hühnerkäfige wackelten, scheuchten die Tiere auf, dass überall das Gefieder dem blauen Himmel entgegenflog, rannten vor aller Augen über das teergedeckte Dach – was strengstens verboten war – und landeten auf den Sitzen ihrer auf der anderen Seite geparkten NDR-*Simsons*, wirbelten eine Menge Staub auf, als sie um die Ecke der Mauer verschwanden. Schnell und allzu geübt in der Flucht, eine Verfolgung ohne Chance, blieb das Spielfeld verwaist und ohne Gegner zurück. Die überraschte Hofmeute schaute leer und beschämt in den Kessel hinein.

Aber vorne an der Pflastersteinstraße, die in einer langen S-Kurve am Zug- und Busbahnhof und am Grand Hotel vorbeiführte, hatten Wojteks und Pawełs Familien ihre Holzbaracken, dort am Fuße des Grand Hotels würden sie sich früher oder später wieder einfinden müssen. Sie hatten noch nicht den Mut, gegen den Willen ihrer stets berauschten Väter länger als drei Tage wegzubleiben. Die Prügel wäre unfassbar gewesen. Auch sie waren noch junge Wölfe, Rudeltiere, weder gegen die drohende Einsamkeit noch gegen Vatershand kamen sie an. Außerdem kannte er ihr Versteck in der Nähe der Fabrikhalle. Dort hatten sie ihre Hütte aus altem Wellblech im hohen Gras aufgerichtet. Und genau dort, zwischen den Bruce-Lee-, Platini- und Beckenbauer-Postern, und wo auch das *Polska Playmate* 1984 auf schlechtem Zeitungspapier an der Wand hing, vermutete er das pinke Hochzeitsbuch der Eltern, das sie ihm zuvor aus den Händen gerissen hatten. Ohne das Buch würde er unmöglich in die *Republika Federalna Niemiec (RFN)* ausreisen können.

Im Korridor hörte ich schwere Schritte. Jemand musste mich verraten und die beschriebene Wand heimlich mir angelastet haben.

Ich stellte mich vor dem Stuhl auf, bereit, mich zu rechtfertigen. Vielleicht hat jemand der Toten ein Denkmal errichten wollen, würde ich antworten, was ihr sicher nicht unrecht gewesen wäre. Das ist nicht meine Schuld.

Gelächter drang durch die Wand. Drei Männer betraten das Wohnzimmer und gingen langsam an mir vorbei. Sie waren ganz mit der Frage beschäftigt, ob es sich lohnte, den Sarg die Treppe hochzutragen. Schließlich hoben sie die Tote im Bettlaken aus ihrem Bett und trugen sie durch die Tür, wo sie sich um die Ecke in den Flur biegen ließ, während das mit einem Sarg nicht gegangen wäre – genau wie Agata es gesagt hatte.

Der älteste der Männer stellte sich als der Bestatter vor, der schon Urgroßvater abgeholt habe. Mit seinem nasenbreiten Schnurrbart und dem weiten Anzug sah er ihm sogar etwas ähnlich.

»Herr Franciszek war der Erste im Haus, den wir abgeholt haben«, amüsierte er sich über die Verrenkungen, die sie mit Urgroßvaters Sarg anstellen mussten. »Wir dachten, die Gänge in einem alten Gebäude wären breit genug, um sich die Fingerknöchel nicht an den Wänden wund zu reiben. Was für eine Fehleinschätzung! Als ich nach Hause kam, hat mich meine Frau gefragt, ob ich mich geprügelt hätte. In den Plattenbauten, da probieren wir es nicht mal, so eng sind die Treppenhäuser.«

Ich betrachtete das leere Sofa. Dort, wo vor einem Augenblick noch die Tote gelegen hatte, sah ich jetzt Uropa Franciszek aufgebahrt liegen. Zum ersten Mal wurde mir bewusst, dass die Eltern nur drei Monate nach dessen Tod geflohen waren.

Uropa Franciszek war damals einige Wochen krank zu Hause geblieben. Er hatte mich also nicht mehr zur Schule gebracht und auch nicht auf einer Bank an der *ulica Narutowicza* am Kino *Metropol* gewartet, bis ich wieder aus der Schule kam und wir gemeinsam nach Hause laufen konnten. Er verbrachte seine Zeit meistens nur noch hinter dem Regal, schwach auf dem Sofa dämmernd. Eines Sonntags wachte er überraschend wieder auf, frühstückte mit allen, ich war froh, ihn so munter zu sehen. Nachbarn kamen zu Besuch, in kleinen Gläsern floss Wodka, wir spielten Schach, alles schien wie früher zu sein. Uropa Franciszek war wieder da. Als ich aber am nächsten Tag aus der Schule kam, standen sie alle versammelt um sein Bett. Die Tote packte mich am Arm, schob mich näher an ihn heran und sagte:

»Schnell, du musst dich verabschieden, er hat den ganzen Vormittag nur noch darauf gewartet, dich zu sehen.«

Die Mutter brachte kein Wort heraus, tränenüberströmt stand sie an seinem Bett und konnte kaum hinschauen, wie er kämpfte, wie er um Atem rang. Ich beugte mich zu ihm hinunter und gab ihm einen Kuss auf die Backe. Dann holte er tief Luft, drehte sich zur Wand, als ob wir nicht sehen durften, was gleich passieren würde, und atmete das letzte Mal aus.

Die Mutter heulte laut auf und schüttelte sich vor Trauer. Danach wurde es ganz still. Die Tote wusch seinen Körper und zog ihm einen Anzug an, während ich, so wie jetzt, diesseits des Regals wie eingefroren auf dem Sofa saß und jeden Vorgang genau beobachtete. Alles musste zügig geschehen, ehe die Totenstarre einsetzte.

Die feige Flucht von Wojtek und Paweł hatte zu einem gefährlichen Spannungsabfall geführt, da sie das Hofgesindel auf offenem Spielfeld bloßstellte. So musste er zusehen – immer noch an der Torwand liegend –, wie die ihm neu ergebenen Hofbewohner plötzlich in Starre verfielen, als es darum ging, die Schuldigen zu suchen und zu bestrafen. Die Peitschenhiebe für den Zigeuner Aleksander, der vor aller Augen von seiner Großmutter fortgetragen worden war und dessen Schreie aus dem Parterre über den Hof hallten, das konnte sie nicht gerührt und umgestimmt haben. Die Herkunft der Zigeuner war dem Hofgesindel nie zweifelhaft. Zweifelten sie etwa an ihm?

»Sie tun euch doch etwa nicht leid?«, fragte er, seinen ganzen Mut zusammennehmend. »Habe ich bei meiner Darstellung so ungünstig in Wort und Bild übertrieben, dass Paweł und Wojtek nun euer Mitleid erregen? Wenn alle nur fest genug auf die einen hauen wollen, dann kann das nicht ganz stimmen? Fallt nicht auf diese Perspektivenumkehr herein! In jedem Körper steckt ein Unschuldslamm. Das will das Sanftmütige in uns. Aber das Sanftmütige ist das Trügerische auch, ja verlogen ist das Herz in dem Punkt, da es immer die Selbstentlastung sucht. Das Hof-Gesetz sagt: Wer schuldig ist, muss schuldig bleiben bis zur Vollstreckung der angemessenen Strafe.«

Stolz und aufrecht schritt er die Treppe zurück nach oben, wo die Babcia bestimmt schon mit dem Mittagessen wartete.

Kaum aber öffnete er die Tür, hörte er, wie sich ihre Stimme überschlug. Das Kabel des Telefonhörers maximal gespannt, das Telefon ganz nah an die Kante gerückt, stand sie in der Mitte des Wohnzimmers und gestikulierte wild. Er verstand sofort, dass die Eltern angerufen hatten, und eilte zur Kommode, um den Fall des Telefons zu verhindern und damit dem sicheren Verbindungsabbruch zuvorzukommen.

»Ich habe den Mitarbeiter der UB nicht erreicht, diesen Parteibonzen, so dumm wie Stroh, diese Nulpe, nichts hat er auf die Reihe bekommen, nichts gelernt im Leben, keinen Beruf, nur saufen und bei der UB herumlümmeln, den Russen in den Arsch kriechen, dieser Taugenichts, dieser Dödel, dieser *Ubowca.* Habe ihn heute wieder nicht erreicht, das heißt, die blöde Schnepfe von Sekretärin hat mich gar nicht erst durchgestellt, sie richtete aus, ich würde von ihnen bezüglich eines Termins hören. Ich verstehe nicht, warum ihr ihn nicht einfach mitgenommen habt.«

»Was hätten wir denn machen sollen, er hat keine Ausreisegenehmigung erhalten. So ist der Kommunismus, ein Gebäude ohne Ausgang. Wir hatten einfach Glück. Reine Willkür, reiner Zufall. Das war so nicht geplant. Pässe und Papiere sind schuld«, empörte sich Mutter-Tochter deutlich hörbar und bereute vermutlich, angerufen zu haben.

»Bald geht die Schule los, die werden ihn nie gehen

lassen, die werden euch eher zwingen zurückzukehren! Wollt ihr nicht freiwillig wiederkommen?«

»So einfach ist das nicht«, tönte es nun etwas gefasster vom deutschen Ende der Leitung herüber.

»Er steht ständig neben dem Hörer und fragt, wann ihr wiederkommt.«

»Gib ihn mir.«

»Er will nicht mit euch sprechen.«

»Sag ihm, wir holen ihn nach. So bald wie möglich.«

»KOMMEN SIE, im Hof warten alle schon.«

Der ältere Mann, der sich zuvor als der Bestatter ausgegeben hatte, griff nach meinem Arm und führte mich nach draußen.

An der Türschwelle zum Hof hatten sie sich im Halbkreis aufgestellt und blickten auf den offenen Sarg.

»Geschmückt mit weißem Spitzenstoff, wie eine feine Babywiege für das lang ersehnte Kind, finden Sie nicht auch?«, flüsterte mir der Bestatter ins Ohr, während er mich an allen vorbeischob in die Mitte des Halbkreises.

Dann hob er seine rechte Hand, und die Tote wurde von den zwei jüngeren Männern in dunklen Anzügen schnaufend in den Sarg hinabgelassen.

»Um Ihren Urgroßvater hat damals die ganze Gemeinschaft geweint. Heute trauert nur Frau Herman. Sie ist jetzt die Letzte im Hof, die den 2. Weltkrieg selbst erlebt hat. Obwohl der 2. Weltkrieg für die Polen erst 1989 zu Ende war. Aber alle vergessen die Geschichte, auch die Westdeutschen. Und die Ostdeutschen, die es besser wissen sollten, die hassen die Polen noch mehr. Und warum? Weil sie alle in den letzten Jahren des Kommunismus oder spätestens danach ruiniert waren. Selbst wenn sie mal wussten, was die wahren Gründe für das Ende der DDR oder der Volksrepublik waren, interessiert sie das heute nicht mehr. Der Turbokapitalismus ist schuld, er hat ihnen alle Koordinaten geraubt. Aber Arbeit hat er ihnen keine gegeben.« Er hob wieder die rechte Hand und sah mich an. »Wir schließen jetzt den Sarg.«

Obwohl er viel älter war, wirkten die anderen beiden Bestatter viel schwächer und zerstreuter, als sie die hinteren Türen des Leichenwagens aufmachten und den Sarg hineinschoben. Die Nachbarn um uns herum erschienen mir unwirklich wie Übungspuppen aus einem Erste-Hilfe-Kurs. Auf einer Bomberjacke entdeckte ich den polnischen Adler. Der Hund des Bomberjackenbesitzers bellte mich an und zog die Blicke der Gemeinde auf mich. Daraufhin verließ ich den Hof, langsam, um ihn nicht zu reizen.

Vielleicht hatte der Bestatter recht, dachte ich, und der Kommunismus, vor dem die Eltern geflohen waren, war für die Leute im Hof gesünder gewesen als das, was danach kam.

Die Eltern warteten vor dem Bahnhof im Auto und blockierten die Abfahrt eines Busses. Der Busfahrer hupte und gestikulierte wild, bis der Vater ein Stück vorfuhr. Plötzlich fühlten sich meine Schritte wieder so schwer an, als würde ich von etwas zurückgehalten. Meine ganze Fortbewegung kam mir verändert vor.

Ich rief die Schwester an und fragte sie um Rat:

»Du bist die richtigere Ärztin von uns beiden, was ist los mit mir? Ich komme mir so unnatürlich vor, weil ich mich langsamer als üblich oder vorgesehen fortbewege. Ich komme mir unnatürlich vor, weil ich langsamer gehe und deswegen langsamer als üblich oder vorgesehen denke. Stelle ich fest. Oder verwehre ich mir selbst den schnellen Gang, um mir die schnelleren Gedanken zu verwehren? Ich komme nicht zu schnellen Schlüssen. Weil ich nicht zu schnellen Schlüssen komme, komme ich mir unnatürlich vor. Weil ich den schnellen Gang verwehre und deswegen nicht zu schnellen Schlüssen komme, finde ich draußen keine Diagnosen vor. Weil ich draußen keine Diagnosen entdecke, komme ich mir nicht mehr wie ein Diagnostiker vor, sondern wie selbst vor-diagnostiziert. Weil ich mir selbst wie eine Diagnose vorkomme, stellvertretend für die Diagnosen, die ich draußen nicht mehr vorfinde, komme ich mir unnatürlich, folglich nicht mehr geerdet vor. Bloß durch eine reduzierte Schrittgeschwindigkeit habe ich alle Bodenhaftung verloren.«

Die Schwester schwieg. Wahrscheinlich wusste sie keinen Rat. Mein ganzer Körper fühlte sich metallisch und fremd an. Trotz des angestrengten Ganges, als würde ich mit angezogener Handbremse laufen, erreichte ich die Bushaltestelle und das Auto der Eltern. In der Seitentasche meines Sakkos fand ich die Lesebrille der Toten. Ich setzte sie zur Probe auf.

»Wovon redest du, ich verstehe kein Wort. Ein Arzt soll immer das kleinere Übel sein und helfen, wo es notwendig ist, mehr nicht«, sagte die Schwester.

Ich war froh, ihre Stimme zu hören, und verstaute die Brille wieder.

»Geht es immer noch um diese alte Geschichte zwischen euch, warum kannst du nicht einfach vergessen? Ich könnte mich nicht so lange mit altem Zeug aufhalten. Rede mit den Eltern, sonst endet das irgendwann in einer Katastrophe für die ganze Familie. Sie hatten richtig Angst davor, dich wiederzusehen.«

»Wir sollten Polnisch miteinander sprechen«, antwortete ich.

»Wach auf, es geht dir und uns allen viel besser als vielen anderen auf der Welt. Die Eltern haben richtig gehandelt, oder wärest du lieber in Polen geblieben, bei diesen Leuten? Hörst du noch zu? Was ist los? Ich höre dich atmen. Du bist so komisch heute. Ich spüre deine Unruhe bis hierher, was hast du die ganze Zeit bei der Großmutter gemacht?«

»Ich erinnere mich nicht«, antwortete ich, während ich auf dem Rücksitz der Eltern Platz nahm.

»FRAU SŁABOWA HAT IHN wieder auf dem Friedhof gefunden. Er saß am Grab meines Vaters und murmelte etwas vor sich hin.«

»Du hast ihn alleine zum Friedhof gehen lassen!«, empörte sich die Tochter der Großmutter durchs Telefon.

»Er hört einfach nicht auf mich, es zieht ihn zu seinem Uropa.«

»Und wenn ihm etwas passiert wäre!«

»Der Uropa passe immer auf ihn auf, hat euer Sohn gesagt, und bestimmt hat er recht. Mein Vater hat immer gesagt, der Junge hat mehr Glauben in sich als wir alle zusammen.«

»Ich glaube nicht an die Seele. Du musst besser auf ihn achten. Und lass mich bloß in Ruhe mit den Toten, sonst stehen die nachts vor meiner Tür, und ich kann nicht schlafen.«

»Seit ihr weg seid, müssen wir uns jede Woche bei der UB vorstellen. Gestern haben sie uns den ganzen Nachmittag warten lassen. Ganz allein saßen wir verängstigt und mucksmäuschenstill in dem dunklen Korridor, bis uns die Sekretärin wieder wegschickte.«

»Du darfst dich nicht aus der Ruhe bringen lassen.«

»Welche Ruhe meinst du? In diesem Korridor saß ich schon einmal, vor vierzig Jahren, zusammen mit meiner Mutter. Als wir darauf warteten, dass die Gestapo meinen Vater wieder gehen lässt. Die Nazis sind zurück nach Deutschland, ihre Methoden aber sind geblieben.«

»Dass du immer so furchtbar übertreiben musst.« Die Tochter hatte sich in der Schule nie besonders für die Geschichte der Okkupation interessiert, wie die Babcia gelegentlich enttäuscht bemerkte.

»Ich habe einen Antrag auf Urlaubsvisa gestellt. Vielleicht lassen sie uns zu euch fahren, bevor die Schule losgeht.«

»Was! Warum hast du das gemacht? Das ist viel zu früh! Wir sind jetzt schon vollkommen überfordert«, empörte sich die Tochter, »im Asylantenheim herrscht reinstes Chaos.«

»Ich mache mir Sorgen um ihn. Manchmal sitzt er stundenlang auf dem Sofa und spricht kein Wort. Ich fürchte, dass er sich etwas antun könnte.«

»Red keinen Unsinn.«

»Wenn ich nicht wüsste, dass ich dich geboren habe, würde ich nicht glauben, dass du meine Tochter bist.« Die Babcia fing zu weinen an. Ihre Worte stockten, als hätte sie sich an ihnen verschluckt. »Wie kannst du nur so herzlos sein ... Auch Kinder können seelische Schmerzen haben.«

»Gib ihn mir.«

»Er will nicht mit dir sprechen. Er hat sich hinter dem Regal versteckt und schnitzt etwas mit seinem Messer.«

»Wo fährst du hin!«, schrie die Mutter, als würden sie auf einen Abgrund zusteuern. Der Vater bog schlagartig in die nächste Einfahrt ein.

Niemand von uns hatte bemerkt, dass wir die Stadt auf der Landstraße verlassen hatten. Einen Moment lang starrten wir auf ein verrostetes, mit einem großen Vorhängeschloss verriegeltes Tor.

Auf einer Tafel daneben stand:

Radomsko im Jahr 1939. Leben im Schtetl.

»Das ist der jüdische Friedhof«, unterbrach der Vater die Stille.

»Was sollen wir bei den Juden, wir sind hier falsch«, sagte die Mutter.

Der Vater blickte stumm nach hinten, um sich einen Überblick zu verschaffen. Als er eine Lücke erkannte, nutzte er geschickt die wenigen Meter der Toreinfahrt, um den Mercedes mit quietschenden Reifen wieder in den fließenden Verkehr einzureihen. Lichtsignale, Hupen und heftige Mahnungen folgten.

»Polen hassen deutsche Kennzeichen«, erklärte er.

»Wir werden viel zu spät kommen«, sagte die Mutter.

Als wir am richtigen Friedhof ankamen, wurde der Sarg gerade aus dem Leichenwagen geladen. Der Vater parkte hinter der Kapelle und setzte eine Mütze auf.

Mutter schlug den Mantelkragen nach oben. Dann eilten wir dem Trauerzug hinterher. Der Vater vorneweg, ich versuchte Schritt zu halten, er aber schüttelte mich immer wieder ab. Den Trauerzug hatten wir problemlos eingeholt. Wir hätten nicht so hetzen müssen. Erleichtert hängte sich die Mutter beim Vater ein.

»Typisch«, sagte Marta.

»Kommen sogar zur Beerdigung zu spät«, sagte Agata.

Ich musste an Markus denken, den Namen, den ich mir statt meines unaussprechlichen polnischen Namens gab, als ich Ende der 80er Mitglied wurde im Fanclub des deutschen Fernsehsenders RTL. Nach der Ankunft in Karlsruhe sprach ich nur mit der Toten regelmäßig Polnisch, am Anfang, wenn sie zu Besuch kam, und später am Telefon. So lief es fast zwanzig Jahre lang, bis zum Ende des Medizinstudiums. Das Jahr 1984 spielte in dieser Zeit keine Rolle. Freunde wunderten sich, wenn ich ihnen völlig ungerührt von der Flucht der Eltern erzählte. Aber mehr als die bloße Information konnte ich ihnen nicht geben. In der deutschen Sprache hatte ich keine Erinnerung daran. Ich hätte alles erfinden müssen. Jedes Detail. Wie das klirrende Schleifen der gusseisernen Ringe am Küchenofen, wenn die Babcia Kohle nachlegte oder Müll verbrannte. Oder die angekokelten Sohlen meiner einzigen roten Winterstiefelchen, die darauf vergessen worden waren. Wie die Urgroßmutter in kleinen Trippelschritten in die Speisekammer eilte, wo sie Rosinen in einer knisternden Papiertüte für meine Besuche bereithielt. Den erdigen Geschmack frisch vom

Feld geklauter Erdbeeren, die Flucht vor den fauchenden Gänsen. Den Geruch des Hühnerstalls, plüschig geschlüpfte Küken, die Gefahr, die vom spitzen Schnabel des stolzen Hahns ausging. Wie er geköpft noch seine letzte Minute durch den Garten lief. Den unerträglich beißenden Geruch von Hühnerhaut und Federn im heißen Wasser, über Nacht im kleinen Laborraum der Apotheke eingelegt, vorne an der Eingangstür. Wie ich im selben Raum vom Vater einmalig übers Knie gelegt worden war und mit dem Verlängerungskabel den Popo versohlt bekam. Die unvorstellbare Menge Schnee, die den Weg zur Garage hatte verschwinden lassen wie eine übergroße Daunendecke, das tagelange Schneeschippen des Vaters, eine Schneise in der Winterlandschaft. Das Ansaugen und Ausspucken von kostbarem Benzin aus dem geliehenen Kanister. Mein Erschrecken vor dem verbrannten Gesicht des Vaters. Den heißen Kakao auf dem Bein der Mutter. Die an der Klingel des Dreirads aufgeschnittene Stirn und die bis ins tiefste Mark reichende Scham des Fünfjährigen, geklaute Spielsachen zurückgeben zu müssen. Meinen Neid auf die kleinen Füßchen und das Möschen der neugeborenen Schwester. Das halberschlaffte Glied des Vaters an einem Sonntagmorgen, meinen Blick streifend, ich gedrückt an die nackte Brust der Mutter. Das Gefühl, etwas Unerlaubtes zu tun, etwas Unerlaubtes zu sehen, unerlaubt zu sein. Die schwarze Erde, immer wieder diese schwarze dampfende Erde in der Hitze des Mittagessens. Die unendlichen Weizenfelder. Den Ärger der Bauern, wenn wir uns darin mit den Mädchen versteckten. Das Rasseln der

Kuhketten über den heißen Asphalt. Den Versuch, einen Brand mit Pisse zu löschen, die Flucht mit den Bestien bis ans Ende des Dorfes und dahinter die Weite, wie sie ihren Blick zurückwarf auf uns, ihre ganz kleinen Bewohner.

Angeführt von den Sargträgern und dem Pfarrer liefen wir durch das Eisentor, an der Kapelle vorbei. Die festen Abdrücke der Stiefel des Vaters knisterten im Schnee. Ich versuchte, in seine Fußstapfen zu treten. Trotz vieler anderer Abdrücke formten sie ein unverwechselbares Muster. Es war nicht schwer, ihm zu folgen.

»Komm hinterm Regal hervor, schnell, deine Mutter ist dran«, sagte die Mutter der Mutter. »Sie hat nur ganz wenig Zeit, hinter ihr hat sich eine Riesenschlange gebildet. Wir hier stehen an der Fleischtheke an, die im Westen an der Telefonzelle.«

»Wir hatten gestern drei Verhöre, mit einem Deutschen, einem Franzosen und einem Amerikaner«, sagte die Tochter der Mutter in der Telefonzelle.

»Wozu?«

»Wegen unserem Asylantrag.«

»Wie habt ihr so schnell Deutsch gelernt?«

»Wir haben das Verhör zu Hause geprobt. Die wussten alles über uns.«

»Die UB hat überall ihre Quellen«, stellte die Babcia fest.

»Erst haben sie uns gemeinsam verhört, dann einzeln. Sie haben einfach Geschichten erfunden, vor allem der Franzose, um zu prüfen, ob wir ihnen die Wahrheit erzählt haben, warum wir geflohen sind.«

»Bei euch geht es zu wie bei uns.«

Danach schwiegen sie einen Moment lang, so dass er schon überlegte, wirklich hinter dem Regal hervorzukommen, nur um sie an die lange Warteschlange vor der Telefonzelle zu erinnern. Schlangen vor Lebensmittelläden können sehr giftig sein.

»Wir würden auch gern wissen, warum ihr geflohen seid«, durchbrach die Babcia schließlich die Stille.

»Zbigniew wird politisches Asyl bekommen. Wenn er sein Dienstgradheft vorzeigen kann. Das haben sie ihm versprochen.«

»Das heißt, ihr kommt nicht zurück?«

»Wenn wir Asyl bekommen, können wir nicht zurück, sonst müssen wir ins Gefängnis. Wenn wir kein Asyl bekommen, dann schicken sie uns zurück, und wir müssen auch ins Gefängnis«, sagte die Tochter, während er an den Bücherschrank ging und das Französischbuch aus dem Regal holte, das mit dem roten Hahn auf der Vorderseite. Es hat früher seiner Mutter gehört, als sie bei Frau Słabowa noch Französisch lernte, weil auch sie große Sehnsucht nach Frankreich hatte. Wie alle Polen zu Zeiten des Kommunismus, die einmal in Frankreich oder nie dort gewesen waren, Sehnsucht nach Frankreich hatten, so die Babcia.

»Was sind das für Eltern, die ihre Kinder allein lassen!« Die Babcia hielt ihre Tränen gerade noch zurück.

»Mach's nicht schlimmer, als es ist. Mich hat auch nur mein Großvater großgezogen, während du deine epileptischen Anfälle hattest.«

»Sei still! Undankbare Tochter! Die Anfälle hatte ich nur, weil die Nazis mich nach Deutschland umsiedeln wollten.« Sie holte Luft. »Immerhin habe ich deinen einzigen Sohn in der Obhut, oder soll ich ihn ins Kinderheim stecken, wie der Ubowca es will. Kein Problem, dann stellen sie einfach ein Bett dazu, ändern seinen Namen, und schon ist er weg für immer.«

»Hör bitte auf, solche Dinge zu sagen.«

Zum ersten Mal hörte er seine Mutter leise weinen am deutschen Ende der Leitung.

»Die bringen ihm dann bei, wie er seine kapitalistischen Eltern zu hassen hat.«

»Ich kann nicht mehr. Zbigniew, rede du bitte mit ihr, ich weiß nicht, was heute mit ihr los ist«, rief die Mutter den Vater zu sich in die Telefonzelle.

»Was gibt es Neues im alten Polen«, glaubte er zum ersten Mal Vaters Stimme zu hören. Sie klang aber irgendwie anders als früher. »Keine Sorge, es wird alles wieder gut, wir holen ihn nach, so bald wie möglich.«

Auf einmal sah er sich mit seinem Vater an der Bushaltestelle stehen. Das war gestern oder vorgestern gewesen. Der Vater auf dem Weg nach Łódź er in die Schule nach Radomsko. Wie sie in einer Schneeverwehung stecken blieben und sich die Wartezeit verkürzten: Wer erwischt öfter die Hand des anderen, die über der Hand des Jägers schwebt. Drei Versuche für ihn, drei für den Vater und immer so weiter. Er hatte gehofft, der Bus käme nie.

»Ihr müsst unbedingt mein Dienstgradheft finden«, hörte er den Vater durch die Leitung. »Es lag immer im Regal neben dem Klavier.«

»Wie soll ich dein Dienstgradheft zwischen all dem Zeug finden. Und: Gar nichts wird wieder gut«, antwortete die Babcia und hielt den Hörer so fest, dass sich ihre Hand dunkelrot färbte. »Die UB hat wieder angerufen.«

»Du darfst dich nicht aus der Ruhe bringen lassen«, antwortete der Vater mit Mutters Worten.

»Du hast leicht reden, so weit weg, wie ihr seid.«

Die Babcia setzte sich auf das Sofa neben der Kommode und atmete tief durch.

Irgendwie hatte der Vater es tatsächlich geschafft, sie etwas zu beruhigen.

»Was haben die von der UB gesagt?«, fragte der Vater nach, weil sie nichts mehr sagte und nur vor sich auf den Teppich starrte.

»Es wird kein Wiedersehen geben«, antwortete sie langsam und mechanisch. »Der Antrag eures Sohnes auf Ausreise wurde abgelehnt.«

»Psst, sei endlich still«, fauchte Agata die Mutter an und zog sie am Arm nach vorne zu sich, in die erste Reihe. »Schäm dich, du bist ihre Tochter.«

Nur zwanzig Meter lang hatte die Mutter es geschafft, sich Agatas auffordernden Blicken zu entziehen. Nun lief sie an dem im Trauerzug für sie vorgesehenen Platz, direkt hinter dem Pfarrer.

Und so zogen sie dahin, entlang des Hauptweges über den Friedhof, begleitet vom gelegentlichen Schrei einer Krähe.

Rechts hinter mir entdeckte ich Radek und dessen Familie, die einzigen Verbündeten der Eltern, sonst nur Unbekannte, die sich immer wieder zu dem Anschein hinreißen ließen, mich erkannt zu haben.

Noch im ersten, älteren Drittel des Friedhofs bog der Sarg nach rechts ab in ein vor lauter Grabplatten und Grabmalen unübersichtliches Territorium. Die Sargträger fluchten, und der Trauerzug schwärmte aus. Ein verständliches Manöver, denn in den engen Gassen war es unmöglich, dem Sarg als geschlossene Einheit zu folgen. Die Zwischenräume waren nur einen Fuß breit, immer wieder stieg jemand auf eine Grabplatte. Dem Vergehen folgte eine entschuldigende Geste beim Nachbarn, der sie mit gequälter Miene quittierte. Manchmal quittierte ich mit, obwohl ich viel leichtfüßiger in die Spalten vorstieß als die anderen und kein einziges Mal auf eine Grabplatte trat.

Von weitem sah ich neben dem Grab Frau Herman im Stuhl sitzen, eingehüllt in Pelz und Kopftuch. Ich schloss die Augen und versuchte, auch so durch das Labyrinth zum Grab zu finden. Die aufgeschaufelte Erde blieb als Nachbild auf der Netzhaut.

Die Schwester rief an und fragte, ob die Oma schon unter der Erde sei.

»Nein«, antwortete ich und fügte an, dass ich jetzt manches klarer sehe, vor allem die Lücken, also das, was ich nicht erinnerte, wo aber etwas stattgefunden haben musste.

Sie sei gerade bei der Arbeit und könne nicht gut sprechen, außerdem hätten die Eltern mich damals bei der Oma ständig angerufen, das hätte ich nur vergessen, antwortete sie.

»Warum sollten sie dich anlügen.«

Meine Finger wurden steif vor Kälte. Sie mache sich Sorgen um mich, sagte sie weiter, vermutlich weil ich nichts mehr sagte. Sie habe einen Assistenzarzt angestellt, der so dick sei, dass er die Treppe kaum hochkomme. Er sei eine Belastung und keine Hilfe, dabei hätten grippale Infekte gerade sehr zugenommen.

»Willst du nicht bei uns arbeiten, der Papa würde sich sicher freuen? Die Eltern sind nicht mehr die Jüngsten. Rede mit ihnen, und vertragt euch endlich. Ich muss weitermachen.«

Sie legte auf. Schnee von gestern, dachte ich, während

neue Flocken fielen. Es sah so aus, als würde es bald heftig zu schneien anfangen.

Die Sargträger erwiesen sich als untauglich, das Territorium mit den unterschiedlich hohen Kreuzen und tiefen Platten zu bewältigen. Natürlich stolperten sie. Der Sarg geriet in Schieflage, sie drohten zu fallen, jemand sagte »Strafe Gottes«. Ein Raunen ging durch den Tross. Wie durch das Publikum nach einem guten Schlag von Boris Becker, dachte ich. Ein alter Mann drehte sich um und versuchte, mich mit seinem Blick einzuschüchtern. Ich konnte ihn mühelos parieren.

Unterdessen war der Sarg am Ziel angekommen. Schwer schnaufend luden sie ihn auf den Brettern über der ausgehobenen Grube ab. Die Trauergemeinde formierte sich um den streng blickenden Pfarrer und seine zwei Weihrauch schwenkenden Ministranten. Wieder ein Halbkreis. Ich stand am äußersten Rand.

Der Pfarrer fing an, eine Rede über die Tote zu halten, die auch auf jede andere Person, tot oder lebendig, zugetroffen hätte. Dann stimmte er ein Lied an. Die Gruppe antwortete pflichtgemäß mit polnischer Litanei.

Nun ging alles etwas schneller. Der Sarg wurde in die Grube hinabgelassen, und wie selbstverständlich öffnete sich in der Trauergemeinde eine Gasse, um mich ans Grab vorzulassen, nachdem die Tochter der Toten im Beisein ihres Mannes möglichst beiläufig daran vorbeigegangen war.

Mein Rücken schmerzte plötzlich, als ob jemand mit einem Messer darin herumstocherte. Es fing tatsächlich heftig zu schneien an, wie ich prognostiziert hatte. Ein

Wolkenbruch. Die Schneeflocken schmolzen sofort, sobald sie auf mich trafen. Vielleicht hatte die Schwester recht, dachte ich, und ich sollte nach meiner Rückkehr nach Deutschland versuchen, dies alles endlich zu vergessen und die nächsten Jahre ohne Erinnerungen zu leben. Denn im Alter sind sowieso nur noch Erinnerungen übrig und fast kein Leben, wie die Tote zu sagen pflegte.

»ALLE SIND ZUR KOMMUNION gekommen, um eurem Sohn, dessen Eltern nun im Westen wohnhaft sind, ihre Aufwartung zu machen. Sich vielleicht etwas in seinen zukünftigen Privilegien zu sonnen, zu hoffen, dass für sie etwas abfällt. Oder sind sie doch alle wegen mir hier?«, fragte er sich und seine abwesenden Eltern im Stillen.

Das Telefon klingelte.

Der Bruder des Vaters, die Schwester des Vaters, der Vater des Vaters, Radek mit Tochter, der Pate samt Frau, Tante Marta mit Tochter Agata, selbst Frau Kaczyński, die gute Bäuerin, die der Frau Apothekerin besonders hinterhertrauerte, »deine liebe Njanja, sie ist den ganzen weiten Weg vom Dorf gekommen«, wie die Babcia anerkennend feststellte – alle Augen richteten sich sofort auf ihn, ob er den Hörer abnehmen würde.

Er überlegte auch tatsächlich, ob der Tag der Kommunion nicht der richtige Zeitpunkt wäre, dies einmal zu tun.

Aber die Babcia kam ihm zuvor. Sie stürzte sich auf die Kommode und riss den Hörer an sich. Dann drehte sie sich wieder in Richtung des Wohnzimmers und mahnte zur Ruhe, obwohl bereits völlige Stille herrschte. Als stünde sie auf einer Theaterbühne, verkündete sie schließlich erfreut: »Ja, sie sind es!«

Einige hoben die Hände, um sich für ein Gespräch anzumelden.

»Vielleicht darf ich erst mal mit meiner Tochter sprechen, wenn ihr erlaubt«, intervenierte die Babcia gereizt. »Und danach ist mein Enkelsohn dran. Es ist ja schließlich sein Feiertag.«

Die Zuschauerreihe senkte im Gleichklang den Kopf. Manche schauten zur Seite, als wären sie zu Unrecht ermahnt worden.

»Das Päckchen ist immer noch nicht da? Das erste mit den Adidas-Schuhen ist doch angekommen«, wunderte sich Mutter-Tochter. »Wir haben uns solche Mühe gegeben für seine Kommunion.«

»Vielleicht kommt es noch, wenn die UB nicht alles für sich behält. Es sind übrigens alle da. Sogar sein Großvater aus Łódź ist gekommen. Von seinem Paten hat er eine Goldkette bekommen, mit der Mutter Gottes. Der Papst selbst hat die Kette gesegnet. Ich bin extra nach Łódź gefahren und habe einen Kommunionanzug gekauft. Er wollte unbedingt einen dunkelblauen wie die anderen, aber die waren in ganz Polen vergriffen.«

»Welche Farbe hat er jetzt?«

»Türkis. Einer der anderen Jungen musste sogar einen weißen Anzug tragen.«

Die Babcia schaute irritiert in die Runde, mit erhobenem Zeigefinger deutete sie an, dass das Gespräch plötzlich unterbrochen worden war.

»Jetzt höre ich dich wieder. Er steht neben dem Telefon und wartet. Ja, er hört alles mit, ich gebe ihn dir.«

Er hätte ihnen gern von dem strengen Pfarrer erzählt, von dem Fußballspiel und dem Göttervogel, durch dessen Augen er jetzt anders auf die Welt blickte, davon, dass alle Anwesenden zwar sehr freundlich waren, dass sie ihm aber wirklich sehr fehlten am Tag seiner Kommunion, weil alle Eltern in der Kirche waren, nur sie nicht. Die Babcia aber war wieder schneller.

»Nein, er will doch nicht mit euch sprechen. Gott wird es nicht gutheißen, wenn du am Tag deiner Erstkommunion mit Mutter und Vater nicht sprechen willst«, redete die Babcia im Wechsel auf ihn und auf die Mutter-Tochter ein, während er in seinem türkisen Sakko zur Freude der Versammelten damit anfing, die Geldscheine in den Kuverts zu zählen.

»Wie viel hast du gesammelt?«, wollten sie wissen und lachten laut auf. Ihr Lachen verstand er nicht, denn er freute sich wirklich über das Geld.

»Es kann keinen Gott geben, der zulässt, dass Vater und Mutter ihren Sohn opfern!«, glaubte Großmutter an seiner Stelle die richtigen Worte an ihre Tochter gefunden zu haben. »Das hat er gerade gesagt, ja wirklich, vor Zeugen, ich soll es mir aufschreiben und tief einprägen.«

Er spürte, dass die Babcia erwartungsvoll in seine Richtung schaute, wahrscheinlich weil sie wissen wollte, ob er damit einverstanden war.

Er aber hörte nicht mehr richtig zu und stellte sich vor, wie die Eltern wieder die gleiche Leier herunterbeteten von wegen: Wir holen dich nach, so bald wie möglich … Die Schwester mussten wir mitnehmen, die ist ja noch ein Baby und er schon groß … Die Papiere sind schuld und immer so weiter …

Stattdessen aber sagte die Mutter am anderen Ende der deutsch-polnischen Verbindung, dass die Kirche Fluchtfahrten organisiere, für 2000 Dollar, und ob die Babcia schon mit dem Pfarrer darüber gesprochen habe. Was die Babcia wiederum aufregte, weil sie das erstens natürlich schon gemacht habe: »Für wen hältst du mich, ich lasse keine Option aus. Ich lasse meinen Enkelsohn nicht im Stich!« Und weil sie es zweitens unpassend fand, in Zeiten der Erstkommunion den Pfarrer mit solch profanen Fragen zu belästigen. Und weil der Tag der Erstkommunion drittens nicht der richtige Moment sei für solch ein Gespräch, denn schließlich gehe es hier nicht um sie, sondern um ihren Sohn. »Wir in Polen achten die zehn Gebote!«

Etwas zaghafter schob sie die Frage nach: »Ihr wollt euren Sohn wirklich in völlig fremde Hände geben?«

»Wir könnten dir das Geld nächsten Monat schicken«, antwortete Mutter-Tochter ähnlich unsicher.

»Ich weiß nicht, ob ich das übers Herz bringe, ihn in einen Kofferraum zu stecken … Und wenn wir verraten werden, was wird dann aus ihm?«

»Das muss alles unter uns bleiben, wir dürfen niemandem etwas sagen.«

Wenn sie so leise und unsicher sprachen, klangen ihre Stimmen sehr ähnlich. Obwohl er ganz Ohr war, konnte er sie nicht mehr auseinanderhalten.

»Glaubst du, die bei der UB sind auf den Kopf gefallen. Die sind doch nicht dumm. Wenn sie es hätten herausfinden wollen, hätten sie es längst getan und wüssten, dass ich bei der Kirche nachgefragt habe. Ihr seid nicht die ersten Eltern, die ihre Kinder in einem Kofferraum über die ungarische Grenze schmuggeln wollen. Der Pfarrer sagte nur, dass sie euren Sohn auf keinen Fall entdecken dürfen, sonst ist er für immer weg und ich wandere ins Gefängnis.«

Nur gut, dass die einbestellten Verwandten nichts mitzubekommen schienen. Sie waren noch so düpiert von Babcias Zurechtweisung, nicht an den westlichen Anschluss ranzudürfen, dass sie sich ganz den aufgetürmten Kuchen widmeten, während er langsam mit dem Zählen der Geldscheine zum Ende kam und sich fragte, ob er sich die teure Flucht nicht sogar selbst leisten konnte.

VERSTORBEN, EINGEKLEIDET, in den Sarg gelegt,
Grube ausgehoben, Bretter darübergelegt, Sarg aufgebahrt,
Lebende im Halbkreis aufgestellt,
miteinander aneinander vorbeigesungen,
gegeneinander an den Abgrund vortreten lassen,
den Abgrund gewittert,
sich von Grund auf verabschiedet,
schwebend abgegangen.

Frau Herman drehte sich zu mir hoch und bot mir den Rosenkranz an. Wie ein Rettungsseil gegen den unsichtbaren Sog.

Ich ließ ihn in den Schnee fallen und fragte mich, ob der Rosenkranz von unten betrachtet wie ein Regenwurm aussah. Dann warf ich die Erde auf den Sarg.

Hohle, dumpfe Klopfgeräusche schlugen mir entgegen.

Um als Erster zurück ins Wohnzimmer zu kommen, drängte ich mich an allen vorbei, lief den Hauptweg entlang durchs Tor auf die Straße, zu den Plattenbauten der für ein Jahrtausend errichteten Siedlung, *tysiąclecie,* wie sie auf Polnisch hieß.

Als ich einen Supermarkt passierte, bekam ich Hunger. Ich blieb am ausgelegten Gemüse hängen, packte

Rote Beete ein und ging zur Kasse. Es war niemand hinter mir. Während die Kassiererin die Rüben wog, fragte ich sie, ob sie zufrieden war.

Sie lachte verlegen.

»Umarmen sie die Einsamkeit, dann kommt das Glück von selbst«, las ich in einem Horoskop.

»*Dwa Złoty dwadzieścia*«, sagte die Kassiererin.

»Zwei zwanzig?«

In der *ulica Reymonta* betrat ich das Bankgebäude und löste mit der Vollmacht, die mir die Tote ausgestellt hatte, das Konto auf. »Marta und Agata werden nicht einverstanden sein«, sagte ich zu der Bankangestellten. Sie schien mich zu mögen.

Weil ich bemerkte, dass sie bei meinem Anblick fror, fügte ich hinzu, dass sie sich keine Sorgen machen müsse, mir sei nicht kalt.

Sie nickte zufrieden. Ich war zufrieden. Zeit, sich zu verabschieden.

Ich nahm eine Abkürzung über die Allee zu Ehren des ersten polnischen und damit zugleich des ersten nichtitalienischen Papstes seit 500 Jahren. *Aleja Jana Pawła II.*, früher Straße der Pariser Kommune genannt, las ich von einem Schild ab. Hier floss der Kanal mit stinkenden Abwässern aus der ehemals französischen Fabrik, der allerdings kürzlich trockengelegt wurde, wie auch auf dem Schild stand.

Am alten Fußballstadion bog ich nach links in die *ulica Kościuszko* ein. Als ich an dem ehemaligen Gebäude der

UB vorbeilief, das während der Okkupation der deutschen Ortskommandantur diente, fing ich spontan zu pfeifen an. Danach wurden meine Schritte schwer und die Bewegungen dickflüssig, als würde ich am Beton kleben bleiben. Ich kann doch nicht alle Erinnerungen von allen festhalten, dachte ich. Dass Radomsko ein Schtetl war, in dem mehr Juden als Polen lebten, dass bis 1943 alle Nachbarn vor unserem Küchenfenster abtransportiert wurden, hatte mir die Tote nicht freiwillig erzählt, sondern erst, als ich sie zu ihrem ersten Besuch auf dem jüdischen Friedhof gezwungen hatte. Erinnerungen an vor dem Krieg, nach dem Krieg, an die Kindheit, an jetzt. Wozu? Das richtige Leben spielt sich doch nicht bei euch da drüben ab, hatte meine Schwester am Telefon gesagt. Vielleicht war es die Tote, die mir ihre Erinnerungen eingeflüstert hat?

Einige Fußgänger starrten mich erschrocken an. Ich wechselte die Spur in die Mitte der Straße und dachte an das Foto am Eingang zum jüdischen Friedhof, wie sie die Juden durch diese Straße zum Bahnhof trieben. In der Mitte kam es mir so vor, als wäre ich in der Mehrzahl und könnte den Erschrockenen besser in ihre Gesichter blicken. Ein Auto kam direkt vor mir zum Stehen. Eine Fußgängerin fing an zu weinen. Es rührte mich nicht, selbst als sie mir freundlich zuwinkte. Am Bahnhof versuchte ich nur zum Spaß, Züge zum Halten zu pfeifen.

Ein Mann sprach mich mit meinem Namen an. Erst als er die Mütze abnahm, erkannte ich Paweł. Er fragte, ob ich nicht genug von den Deutschen hätte und wieder einer von den Guten werden wolle. Ich streckte ihm 5000 Złoty entgegen. Paweł nahm die Scheine und steckte sie in seine Innentasche. Ohne nachzuzählen. Dann deutete er mit dem Zeigefinger auf die Holzbaracke und lachte. Zum Abschied gaben wir uns die Hand.

Die Tür der Holzbaracke stand offen. Ich zwängte mich durch den schweren Vorhang hinein, eine kohlegeschwängerte Hitze schlug mir entgegen, ein übler Gestank nach Dreck und Armut. Auf Anhieb erkannte ich Pawełs Schwester Marysia, die sich liegend am Ofen wärmte. Ich legte das restliche Geld auf den Tisch. Sie sprang auf und begann gierig zu zählen. Ohne die Scheine loszulassen, holte sie Mayonnaise aus dem Kühlschrank und schnitt zwei Brötchen auf.

»Setz dich, ich mache dir Eierbrötchen. Ich hatte mich schon gefragt, wann du kommst. Der ganze Hof spricht davon, dass du wieder da bist.«

»Ich würde gern Fußball spielen«, sagte ich.

»Meine Jungs kommen gleich wieder, die spielen sicher mit dir«, antwortete sie. »Du hast einen lustigen Akzent, wenn du Polnisch sprichst.«

Während sie die Eier pellte, hielt sie die Scheine zwischen den Zähnen. Die gepellten Eier wischte sie an ihrer schmutzigen Küchenschürze ab. Darunter trug sie eine dicke Wollstrumpfhose voller Löcher. Einige ihrer schwarzen Kohlezehen schauten heraus. Neben dem Ofen lagen einzelne Kohlestücke spielerisch verstreut, so als hätte jemand vom Sofa aus versucht, sie in den Ofen zu werfen. Ich nahm ein Stück aus dem Eimer und warf es in Richtung Ofen. Die Kohle kullerte zu den anderen.

Marysia steckte die Scheine in die obere Tasche ihrer Küchenschürze. Ihre Hände zitterten. Etwas Mayonnaise tropfte herunter, als sie die Brötchen zusammendrückte. Sie wischte sie mit ihren Kohlefingern vom Tisch weg und leckte sie ab, obwohl ich keine Mayonnaise mehr erkennen konnte. Sie sah dürr und krank aus. Als sie mir das Brötchen reichte, konnte ich von der Seite ihre kleinen Brüste sehen.

»Setz dich«, befahl sie.

Weil ich nicht schnell genug reagierte, drückte sie mich auf das Sofa herunter und blieb über mir stehen. Mit zwei großen Bissen stopfte sie sich das Brötchen hinein und lachte dabei laut auf, weil Mayonnaise auf mein Hosenbein gespritzt war.

»Na, iss endlich! Ich mach dich gleich sauber.«

Das Brötchen war alt und weich. Wahrscheinlich war es in einer Plastiktüte aufbewahrt worden. Die Mayonnaise schmeckte nach Plastik, die Eier taten mir gut.

Sie kniete sich neben mich, wischte sich den Mund an ihrer Schürze ab und dann erst die Mayonnaise von meinem Hosenbein.

Es war bereits dunkler Nachmittag.

Das kleine Zimmer mit Küche und der offenen Tür zum Bad war vom Ofenfeuer erleuchtet. An der Wand hing das Bild eines Geld zählenden, in Lumpen gekleideten alten Juden. Der gleiche, stellte ich fest, der auch bei der Toten im Wohnzimmer hing. Ein Glücksbringer.

Im Regal, zwischen dem Geschirr, entdeckte ich ein pinkes Buch mit einem Hochzeitspaar auf der Vorderseite.

»Das sind die langweiligen kommunistischen 80er. Dieses Buch steht in jedem polnischen Haushalt. Heute treiben wir es ganz anders. Bist du sicher, dass es deins ist?«

Ich wusste keine Antwort.

»Wenn es dir wichtig ist, kannst du es haben, ich schenke es dir. Willst du, dass ich dir daraus vorlese?«, fragte sie schmunzelnd und versuchte wieder, meine Hose mit ihrer schmutzigen Küchenschürze sauberzumachen.

»Es tut mir leid, du musst deinen Anzug waschen. Ich kriege nicht alle Flecken raus.«

Dann öffnete sie das Buch.

Ich rannte aus der Holzbaracke auf die Straße und blieb an der Kurve stehen. Ein Güterzug schwerbeladen mit Kohle donnerte durch den Bahnhof. Langsam schoben sich die Waggons an den bebenden Gebäuden vorbei.

»Wir haben einen neuen Termin bei der UB. Diesmal haben sie uns in die Zentrale einbestellt, in Piotrków Trybunalski, nicht bei uns in Radomsko. Ich habe solche Angst, dass sie ihn mir wegnehmen wollen. Soll ich ihn auf dem Speicher zwischen eurem Zeug verstecken und allein hinfahren?«

»Haben sie nichts über die Ausreisepapiere gesagt?«

»Nein.«

»Gib ihn zu Radek und sag, er sei krank.«

»Das geht nicht, Radek wird beschattet.«

»Dann erzähl ihnen, er sei dir auf dem Friedhof davongelaufen, und versteck ihn beim Pfarrer«, schlug die Tochter am deutschen Ende der Leitung vor. Nun wusste er nicht, auf wen er hören sollte. Durfte er allein auf den Friedhof gehen oder nicht?

»Nein, das kommt nicht in Frage, der Kirche traue ich auch nicht«, erwiderte die Babcia.

»Zbigniew sagt, dass du ihn auf keinen Fall in die Zentrale mitnehmen sollst. Sag dem Pfarrer, er bekommt das Geld nächste Woche. Macht einen gemeinsamen Ausflug.«

»Dafür bin ich zu alt. Eure ganzen Sachen habe ich vom Land nach Radomsko geschafft, es ist nichts mehr dort. Deine Apotheke ist aufgelöst. Eugeniusz aber fordert den Anhänger von euch zurück. Angeblich, weil die Fabrik sonst 100 000 Złoty von ihm dafür haben will.«

»Wir mussten den Anhänger und unseren Wagen vor dem Asylantenheim stehen lassen, damit wir später alles verkaufen können. Die dürfen nicht wissen, dass wir etwas besitzen, sonst nehmen sie es uns weg. Die Deutschen behandeln uns wie Verbrecher. Das haben wir uns ganz anders vorgestellt. Man hat uns erzählt, wir bekämen einen Sprachkurs bezahlt, und dass wir bald in unseren Berufen arbeiten können. Jetzt sitzen wir hier fest, haben kein Geld und dürfen ohne Asyl nichts machen.«

»Und woher soll ich jetzt 100 000 Złoty auftreiben? Soll ich einen Teil der Apothekenmöbel, die Kristalle aus Georgien und das Klavier verkaufen? Ich weiß nicht, was ich machen soll. Wollt ihr nicht einfach zurückkommen? Er fragt ständig nach euch. Wie wollt ihr ihm das irgendwann erklären? Das ist nicht zu erklären, dass Eltern ihren Sohn als Pfand zurücklassen. Das geht direkt ins Blut und kommt irgendwann als Schandfleck zum Vorschein.«

»Hör auf zu philosophieren. Ich möchte, dass du den Pfarrer kontaktierst und ihm sagst, dass wir ihm nächste Woche die 2000 Dollar schicken. Er soll ihn sofort über die Grenze schmuggeln.«

»Der Pfarrer arbeitet nur gegen Vorkasse.«

»Hör mir gut zu, wir möchten auf keinen Fall, dass du mit ihm in die Zentrale fährst, dort kommt ihr nicht gemeinsam wieder raus!«

»Der Pfarrer wird nicht einverstanden sein, der Pfarrer arbeitet nur gegen Vorkasse.«

»Der Pfarrer kennt uns gut, er hat uns verheiratet.«

»Den Herrn Pfarrer interessiert nur die Vorkasse.«

»Zbigniew, rede du mit ihr, sie hört mir überhaupt nicht zu. Sie scheint völlig gelähmt zu sein vor Angst.«

»Liebe Frau Schwiegermutter, liebe Babcia, du darfst ihn wirklich nicht mitnehmen in die Zentrale, die machen dort, was sie wollen, das ist ein rechtsfreier Raum. Es wäre tatsächlich möglich, dass sie ihn dir wegnehmen, und dann bekommst du noch eine Anklage dafür, dass du nicht weißt, wo dein Enkelkind ist, wo du doch nach unserer Flucht die Fürsorge übernommen hast.«

»Ihr habt mir kein Sorgerecht übertragen. Das Sorgerecht hat der Staat, und die entscheiden jetzt, was mit ihm passiert. Ihr hättet vor eurer Flucht über die Konsequenzen nachdenken sollen«, sagte die Babcia und legte auf.

Daraufhin ging sie ins Bad, machte sich bettfertig und legte sich schlafen. Zum ersten Mal ohne ihm Gute Nacht zu sagen, als wäre er nicht mehr da.

ZURÜCK IN DER WOHNUNG machte ich Feuer im Küchenofen. Ungeschält warf ich die dunkelroten Rüben in den Topf. Eine Riesenwelle schwappte über auf die Gusseisenringe. Es zischte gewaltig, wie ins Meer strömende Lava.

Die gekochte Rote Beete richtete ich in einem weißen Emailletopf an, vielleicht ein früherer Nachttopf. Dann ging ich ins Wohnzimmer und drehte den Stuhl in Richtung Fenster. Mit dem pinken Hochzeitsbuch auf dem Schoß aß ich zufrieden im Diesseits des Regals. Etappensieg errungen, dachte ich, während der Sand noch zwischen meinen Zähnen knirschte.

Erster Polenbesuch, 1992, sieben Jahre nach der Ausreise. Zusammen mit der Schwester. Die Eltern waren nicht mitgekommen, weil sie Angst hatten, sie könnten wegen ihres noch gültigen Asylstatus verhaftet werden. Gleich bei Ankunft Durchfall bekommen, nicht vom polnischen Essen gekostet, stattdessen eklige Kohletabletten mit etwas Wasser zerkaut. Als sich mein Bauch wieder etwas beruhigt hatte, schlug ich ihn mir voll. Brühe, Kotelett und Kartoffeln, Apfelkuchen. Danach krümmte ich mich im Bett vor Schmerzen. Lange musste mir die Tote den Bauch massieren, ehe ich einschlafen konnte.

Die Schwester wurde ebenfalls krank. Das Telefonat von Polen nach Deutschland wie schon einmal erlebt, ein

Déjà-vu ohne Bilder. Vater: Symptome aussitzen. Keinesfalls die Schwester polnischen Ärztehänden anvertrauen.

Von den Verwandten wurde ich durch die Kaufhäuser gejagt. Sportschuhe von Reebok als Geschenk wollte ich nicht. Das Modell »John McEnroe« von Nike wollte ich. Das Modell »Boris Becker« von Diadora konnten wir nicht finden. Auch sonst habe ich keine Geschenke angenommen, die von den stolzen Verwandten als teure Westware beworben wurden. Darauf bestanden, es besser zu wissen, es besser zu haben, besser zu sein.

»Deine Freunde wollen dich unbedingt sehen.« Dem Drängen der Toten hatte ich nachgeben müssen und wenigstens Paweł im Wohnzimmer empfangen, kurz. Aleksander war bereits in England, Wojtek im Knast. Ich gab mich als deutscher Fußballnationalspieler aus, mit Beckenbauer als Trainer. Paweł war schwer beeindruckt.

Zurück in Deutschland ein Referat in Erdkunde. Ich war der einzige Ausländer in der 9. Klasse des humanistischen Bismarck-Gymnasiums in Karlsruhe. Wie schwer es mir fiel, Deutsch zu sprechen, vorne an der Tafel, vor der Klasse. Ich machte einfache Anfängerfehler, »die, wo« statt »die, die«. Der Mund machte nicht, was ich wollte. Dann Vokabeltraining beim Training gegen die Tenniswand. Boris Becker gegen John McEnroe, jeder Schlag ein deutsches Wort. Meistens gewann Boris Becker. Das lag am Aufschlag. Der Ball prallte unerreichbar für McEnroe von der Wand, blieb im Maschenzaun stecken oder landete gleich in den wilden Brombeersträuchern und war für immer verloren.

»Jetzt weiss ich es wieder, ich wollte gar nicht ans Meer in den Urlaub!«, rief er der Babcia zu, als sie aus der Küche gerannt kam, weil das Telefon klingelte.

»Mach den Fernseher leiser, das sind bestimmt deine Eltern.«

Er hatte sich schon gewundert, warum die Mutter so übertrieben geheult hatte, als sie vor dem Bus standen, der ihn in die Ferien bringen sollte, nachdem sie auf dem großen Fabrikparkplatz zwischen all den anderen Bussen lange nach dem richtigen gesucht hatten.

Der Vater, der die kleine Schwester auf dem Arm hatte, übergab sie an die Mutter, nahm stattdessen ihn an die Hand und führte ihn die Stufen in den Bus hinauf, am müde grinsenden Busfahrer vorbei, der den Motor aufheulen ließ, weil er endlich losfahren wollte.

Drinnen sprangen alle noch von Sitz zu Sitz.

Vor der Fahrt hat er sich sicher bekreuzigen müssen, das wird die Mutter ihm bestimmt von draußen durch das Fenster angedeutet haben.

»Da hatte ich aber bereits keine Lust mehr zu fahren, daran erinnere ich mich jetzt ganz genau. Der Vater hatte gesagt, dass die anderen Kinder sich auch noch nicht kennen. Das stimmte aber nicht, weil die anderen Eltern aus der Fabrik kamen, also mussten sich die Kinder schon vorher gekannt haben. Sag ihnen das«, erklärte er der Babcia.

»Sei ruhig, du kannst gleich mit ihnen sprechen. Wir müssen erst etwas Wichtiges klären.«

Er ließ sich aber nicht abwimmeln, lief unruhig das Wohnzimmer auf und ab und redete weiter auf die Großmutter ein. Er wollte unbedingt klarstellen, was wirklich passiert war.

»Es waren nur noch wenige Plätze hinten im Bus frei. Neben wem saß ich während der langen Fahrt? Es war sehr früh am Morgen gewesen, draußen war es noch dunkel. Habe ich die ganze Zeit geschlafen?«, fragte er die Babcia. »Und dann, drei Wochen am Meer in Łeba, was habe ich da so lange gemacht, daran kann ich mich überhaupt nicht erinnern, wieso?«

Diese Frage konnten ihm weder die Babcia noch die Eltern beantworten. Das verstand er natürlich. Die waren ja nicht dabei gewesen, also hatten sie darüber kein Wissen, und ein Lehrbuch, wo sie es hätten finden können, gab es nicht.

»Ich werde doch nicht den ganzen Tag im Zimmer gesessen und die Tage gezählt haben, bis ich wieder nach Hause durfte.«

Da fiel ihm der Anführer seiner Gruppe ein. Gut, dachte er, dann habe ich mir nicht alles nur eingebildet. Er war der kleinwüchsige Sohn einer der Erzieherinnen, deswegen mit allen Privilegien ausgestattet, hatte sogar seinen Dackel mitnehmen dürfen. Er mochte den vorlauten Köter nicht, fiel ihm auch ein.

»Mit wem habe ich das Zimmer nochmal geteilt?« Das alles ist doch noch gar nicht lange her, er ärgerte sich über die Erinnerungslücken.

»Es wäre wirklich gut, ein polnisches Lehrbuch wie das französische zu haben, eines, das Wichtiges von Unwichtigem trennt und alle falsch gefüllten Erinnerungslücken enthüllt.«

Die Babcia war mit seinen Geschichtsbüchern auch immer unzufrieden, weil sie sagte, die seien nur so richtig, wie die Russen es vorgeschrieben hätten, also falsch.

»Jetzt hör endlich auf, so unruhig hin- und herzurennen und mich mit Fragen zu bombardieren. Du willst doch sonst auch nie mit ihnen reden, jetzt kannst du dich noch etwas gedulden«, wies ihn die Babcia zurecht.

Er war aber gerade zu beschäftigt, um auf ihre Ermahnungen zu hören.

»Die Wanderung an die Ostsee!«, rief er, weil ihm eine weitere Erinnerung in den Sinn gekommen war. »Ich muss nur Schritt für Schritt vorgehen, dann fällt mir bestimmt alles wieder ein.« Dabei lief er auf dem Wohnzimmerteppich im Quadrat.

Aufgeteilt in Gruppen waren sie durch die Wanderdünen gelaufen. Ein Tagesausflug in den *Słowiański*-Nationalpark, wie der Name seiner Babcia. Abschussrampen für V-Raketen der Nazis, die prahlerisch vor der hohen Wand aus Sand aufgestellt waren. Die Wand als Erster hochzuklettern, das hatte ihm noch Spaß gemacht. Dann aber war er zunehmend zurückgeblieben. Es war sehr heiß, er fand seine Gruppe nicht mehr, stand vor drei Schildern mitten in der Wüste, wohin sollte er gehen? Er hatte einen Riesendurst und Angst, sich in der Hitze verloren zu haben.

Die Entscheidung, weiter geradeaus zu gehen, hatte

sich schließlich als richtig erwiesen. Am Horizont sah er das leuchtende Blau des Meeres. Obwohl er nicht schwimmen konnte, sprang er sofort ins Wasser. Ein Moment großer Erleichterung. Dann erst fand er zu seiner Gruppe zurück.

Großmutter und Mutter-Tochter telefonierten immer noch, ohne auf seine Fragen einzugehen. Also beschloss er, das Wohnzimmer zu verlassen und in der Küche weiter nach Erinnerungen Ausschau zu halten, fand dort aber keine Ruhe, weil der Wasserkocher zu laut pfiff, so dass er weiterging in die Speisekammer. Das passte aber auch nicht, dort war es zu eng durch die übervollen, blechernen Kohleeimer, das Bad wiederum zu stickig, wie immer. Gezwungenermaßen kehrte er zurück ins Wohnzimmer.

Dort fiel ihm sofort wieder ein, wie seine Gruppe den Busfahrer angefeuert hatte, die anderen Busse zu überholen. Und es hatte tatsächlich funktioniert. Ihr Bus kam als einer der ersten bei der Fabrik an, spätabends zwar, aber sie hatten das Rennen gewonnen und lagen sich bei der Ankunft fröhlich in den Armen.

Die zweite Hälfte der Sommerferien hätte er mit seinen Eltern verbringen sollen. Doch warteten sie nicht an der Bushaltestelle, wie sie es ihm versprochen hatten, oder hatten sie ihm das gar nicht versprochen?

Er wusste es nicht mehr. Die Babcia holte ihn ab, und er ging sofort schlafen, weil ihm von der Busfahrt noch übel war.

Am nächsten Morgen riefen sie an, das war ein Sonntag, so wie heute, riefen sie immer sonntags an?

Aufgeregt wartete er, bis die Babcia ihm endlich den Hörer reichte.

»Wo seid ihr?«, fragte er.

»In Deutschland«, antwortete die Mutter und fügte hinzu, er solle tapfer sein und gut in der Schule und immer seine Hausaufgaben machen und auf die Babcia hören, und, und, und … Während im Fernseher einmal mehr seine Kindersendung unterbrochen wurde und General Jaruzelski etwas von Essensmarken, Mangelware und Solidarität stammelte, während die Babcia heulte und nicht heulte und alles auf einmal und gleichzeitig und immer so weiter und immer wieder von vorne.

»Nein, das ist nicht wahr! An den Anruf kann ich mich nicht erinnern«, sagte er zur Großmutter.

»Sprich selbst mit ihnen, wenn du es nicht glaubst«, antwortete sie.

Hatte die Babcia ihm damals den Hörer ans Ohr gehalten, so wie jetzt? Er wollte sie aber nicht sprechen. Warum eigentlich nicht?

»Es ist immer das Gleiche, erst fordert er sofort den Hörer, und am Ende will er doch nicht mit dir sprechen«, sagte die Großmutter zu ihrer Tochter am deutschen Ende der Leitung.

Oder hatten sie gar nicht angerufen?

»Die Bücher für die 2. Klasse habe ich mir schon längst besorgt«, hörte er sich am Telefon seiner Mutter erklären. »Und außerdem haben die Bestien Wojtek und Paweł euer Hochzeitsbuch, das jetzt mein Buch ist, das brauche ich wieder, bevor ich zu euch in die RFN dazustoßen kann. Nein, ich kann hier gerade einfach nicht weg. Ich komme nach, versprochen.«

Hatte er diese Sätze wirklich gesagt oder gerade erfunden? Erinnerte er nur seine Erfindungen? Wie wahrscheinlich waren erfundene Erinnerungen? Kamen sie der Wahrheit so nah, als wäre es in echt so passiert? Zumindest besser, als keine Erinnerungen zu haben, tröstete er sich.

Babcia-Mnemosyne, die Göttin der Erinnerung, wusste auch keine Antwort, oder sie verschwieg ihm etwas.

Mit einem Ohr bekam er aber mit, dass Radek den Eltern das Dienstgradheft eingeschweißt zwischen zwei Seiten eines Buches an die Grenze bringen sollte, versteckt in einem größeren Päckchen mit Essenszeug und Diplomen und anderem Identitätskram, damit das Buch nicht so wichtig wirkte. Im Gegenzug würde er ein Päckchen für sie bekommen. Der Grieche Ilias, der immer »essen, essen, *gruba dupa,* dicker Arsch« sage, lachte die Mutter, ein Freund mit einem Restaurant, bei dem sie schwarz in der Küche arbeite von 20 Uhr bis spät in die Nacht, würde das Buch entgegennehmen. Ilias sei gerade in Polen. Es sei sehr wichtig, dass das jetzt klappe, sonst bekämen sie am Ende doch kein Asyl und Schwierigkeiten mit der Arbeitserlaubnis, und die brauchten sie dringend, denn sie hätten überhaupt kein Geld, so die Tochter der Großmutter, als ginge es um Leben und Tod.

Einen Moment lang befürchtete er, dass sie das Hochzeitsbuch als Versteck nehmen wollten und das Spiel mit Marysia auffliegen würde. Aber dann wählten sie für den gefährlichen Transport der Papiere glücklicherweise das polnische Kochbuch, *kuchnia polska.*

»Ich hoffe, du bist ähnlich einfallsreich, wenn es um die Ausreise deines Sohnes geht«, merkte die Babcia an.

Er hingegen stellte sich vor, wie er in der nächsten Zeit ganz wenig essen und schrumpfen und ganz flach werden würde, damit er anstatt der Papiere zwischen die Seiten eines Buches geklebt werden könnte. Natürlich, es müsste ein größeres als ein normales Buch sein, vielleicht eine riesengroße Bibel oder ein überdimensionales Hochzeitsbuch, vielleicht gab es das tatsächlich als eine Art polnische Sonderausgabe und als Geschenk für die Fahnenflüchtigen, damit sie Polen nicht vergaßen. Darin hätte auch das Dienstgradheft des Vaters locker Platz, und wenn nicht, dann wäre das auch nicht schlimm. Er fand es nämlich unfair, dass ein Dienstgradheft vor ihm bei den Eltern ankommen sollte. Wenn er anstatt des Dienstgradhefts bei den Eltern ankommen würde, würden sie kein Asyl bekommen und alle gemeinsam wieder zurückgeschickt werden, und alles wäre wieder wie vorher.

Er war sehr zufrieden mit seinen Überlegungen, mit denen er vermutlich völlig richtiglag, es konnte gar nicht anders sein, das Dienstgradheft war nur ein Codewort für die nächtliche Überfahrt, die sie für ihn planten.

»Wir können nicht länger darauf warten, dass er ans Telefon kommt, hinter uns ist eine Riesenschlange«, sagte die Tochter zu der von ihr nicht geliebten Mutter.

»Warum telefonierst du eigentlich nicht von zu Hause?«

»Von zu Hause wäre es viel zu teuer, das können wir uns nicht leisten.«

»Und von der Telefonzelle ist es billiger?«

»Wir haben eine 5-DM-Münze mit einem Faden dran, wenn das Guthaben aufgebraucht ist, ziehen wir sie raus und werfen sie wieder rein.«

»Und wenn ihr beim Stehlen erwischt werdet?«

»Einer von uns passt immer auf, während der andere telefoniert. Außerdem stehlen wir nicht!«, empörte sich die Tochter. »Hier macht das jeder so. Wir wohnen in einem Block mit Ausländern aus der ganzen Welt, keiner hat Geld, um lange nach Hause zu telefonieren. Und hör auf, mir ständig Vorwürfe zu machen, sonst rufe ich gar nicht mehr an.«

»Wenn ihr nur ein wenig nachgedacht hättet, hättet ihr die Ausreise niemals riskiert. Warum hast du mir nicht gesagt, dass ihr nicht zurückkommen wollt?«

»Du hättest nie freiwillig zugestimmt, dich allein um ihn zu kümmern.«

»Ihr hattet es viel besser als andere. Eine schöne Apotheke auf dem Dorf, immer genug Fleisch vom Bauern, Eier, Milch, ihr musstet gar nicht fliehen.«

»Wäret ihr damals in Frankreich geblieben, hätten wir nicht nach Deutschland fliehen müssen.«

»Was redest du da? Die französische Rente meines Vaters hat dir erst das Studium ermöglicht.«

»Sag ihm, wir holen ihn nach, sobald es uns besser geht. Er kann froh sein, dass er nicht hier im Asylantenheim sein muss. Zbigniew hat sich das Bein gebrochen, und wir haben 60 DM im Monat, für alles.«

»Euer Sohn schläft schlecht wegen Rückenschmerzen. Ich war beim Arzt, aber der hat keine Erklärung.«

»Zbigniew sagt, das sind Verspannungen. Gib ihm eine Schmerztablette für die Nacht.«

»Gestern ging ein Gewitter über Radomsko hinweg, dabei hat der Herbst gerade erst angefangen. Wir konnten gar nicht vor die Tür, die Hagelkörner waren so groß, dass sie einem den Kopf zerschlagen hätten. Habt ihr so etwas in Deutschland schon mal erlebt?«, hörte er die Babcia sagen, als ihm endlich die Wahrheit aufging.

Er dachte schon, er sei verrückt geworden, und dass die Eltern gar nicht weggefahren sind, obwohl sie doch nicht da waren.

Aber jetzt erinnerte er sich: Als er aus der Wüste zurückkehrte und die Eltern nicht an der Bushaltestelle warteten, da entdeckte er oben am Himmel, an der hochgewachsenen, 1936 zu Ehren von Babcias Ankunft aus Frankreich in die schwarze Erde gepflanzten Kastanie vorbei, direkt an seinem Fenster entdeckte er … Ja, was hatte er nochmal am Himmel entdeckt?

Gerade war es ihm eingefallen und prompt war es ihm wieder entwischt, und er spürte im Gegenzug einen stechenden Schmerz im Rücken, während die Babcia mit dem Hörer in der Hand nicht mehr vom Wetter erzählte, sondern die französische Heulsuse gab.

Warum weinte sie jetzt schon wieder?

Ah ja, trotz oder gerade wegen all der geballten Unvernunft hatten sie gesagt: *niech cię piorun trafi!* – wie es auf Polnisch heißt, wenn man jemandem Glück wünscht –, soll dich doch der Blitz treffen!

Das hatten sie gesagt, als sie sich von ihm vor der Fabrik verabschiedet hatten, ohne zu wissen, dass es auf Deutsch das Gegenteil bedeutete, nämlich jemandem ein Unglück herbeiwünschen.

So hatte er es zumindest im heimlichen Deutschunterricht am Abend gelernt. Deswegen, so folgerte er schlüssig, musste er wahrscheinlich mit polnischem Donner vom deutschen Geistesblitz bei einem Anruf aus Griechenland getroffen worden sein, durch den Hörer in den Hörapparat am Abhörorgan der polnisch-russischen Big-Brother-Geheimpolizei UB vorbei!

Nun saß er wieder aufrecht auf dem Sofa und war sehr froh, dass er zumindest etwas Ordnung schaffen konnte und jetzt wusste, warum sein Rücken schmerzte. Er war sich sicher, dass die Eltern ihn nur vergessen hatten, weil er allein in die Wüste gefahren war und sie nicht mitgenommen hatte. Bei dem nächsten Anruf, falls er es nicht vergaß, würde er sich bei ihnen entschuldigen und versprechen, dass er das niemals wieder machen würde und dass sie getrost zurückkommen konnten.

SCHRITTE, ABSÄTZE, BEFEHLE. Den langen, dunklen Korridor entlang, direkt an der Wand des Wohnzimmers vorbei. Sie haben den Südeingang genommen und durchkämmen jetzt Wohnung für Wohnung. Der Nordeingang im Hof ist gesichert. Bald werden sie einfallen:

Aufreißen der Tür.

Dielen – die in alle Himmelsrichtungen knarrenden.

Zu Salzsäulen erstarrte Körper.

»Die Tür ist aufgebrochen.«

»Das ist unglaublich, meine geliebte Schwester ist kaum unter der Erde, und schon bricht das Gesindel hier ein.«

»Und er sitzt sorglos im Wohnzimmer. Hat sich den Stuhl gegen das Regal gelehnt und starrt die Wand an.«

»Irgendetwas scheint nicht in Ordnung zu sein mit ihm, schaut nur, wie er schaut. Murmelt er etwas vor sich hin?«

»Euer Sohn scheint uns noch nicht mal begrüßen zu wollen.«

»Er hält ein Buch in der einen und das Zeugnis meiner Schwester von 1940 in der anderen Hand.«

»Woher hat er das?«, erkannte ich Agatas Stimme in der Ferne.

»Wahrscheinlich aus der Speisekammer.«

»Das Zeugnis ist zweisprachig: Deutsch-Polnisch. Die Noten in beiden Sprachen unterdurchschnittlich.«

»*Generalgouvernement Polen* steht da. Das haben sich die Deutschen vom französischen Führer Napoleon geliehen«, hörte ich jetzt deutlich Vaters Stimme.

»Hätten die Deutschen meiner Schwester in der Schule Französisch erlaubt, sie hätte bessere Noten gehabt«, erkannte ich Marta.

»Gleich unter der Überschrift: der stolze Reichsadler«, bemerkte Agata.

»Was ist mit dem Schloss passiert«, fragte die Mutter. Sie wagte sich ins Wohnzimmer vor, ganz vorsichtig, als wäre es vermint.

»Wurde etwas gestohlen?«, fragte Agata.

»Typisch Polen«, kommentierte der Vater.

»Die großen Kristalle sind weg!«, schrie Marta auf und riss die oberen Glastüren des Regals auf. »Ist dir nicht aufgefallen, dass etwas fehlt?«

Damit meinte sie mich.

»Du hast das Begräbnis früher verlassen, hast du niemanden gesehen, der Sachen wegträgt?«, fragte die Mutter, obwohl ich wusste, dass ihr die Kristalle aus Georgien egal waren.

»Nein«, antwortete ich.

»Der interessiert sich doch für gar nichts mehr«, sagte Agata, und es war mir so, als würde sie dabei auf die Wand deuten. Der Schreibfleck hatte inzwischen diese und ein Stück der benachbarten Wand, an der die Tote gelegen hatte, eingenommen und sogar auf die Decke übergegriffen. Man müsste die Wand wieder mit dem

Regal zustellen und die Decke mit Planen verhängen, um ihn ganz bedecken zu können. Er ließ sich nicht mehr verheimlichen! Die Nachricht von einem schändlichen Schreibfleck im Wohnzimmer der Toten würde bald den ganzen Hof und dann die Stadt erreicht haben.

»Ihr habt ihm keinen Respekt vor den Verstorbenen beigebracht, so wie auch ihr keinen Respekt vor der Familie habt«, ließ sich Marta auf das Sofa der Toten fallen, als würde sie einen Kampf verlorengeben.

Im Gegenzug erhob ich mich vom Stuhl, legte das Zeugnis der Toten und das Hochzeitsbuch darauf und strich mit der rechten Hand über die Wand. Dann zog ich das kleine Kartoffelmesser aus der Tasche und kniete mich hin. Alles passierte wie von selbst, wenn ich nur meiner Hand folgte, die die winzigen Buchstaben mit dem Messer nachzeichnete.

Der Putz bröckelte. Mir fiel die Aufgabe zu, darauf achtzugeben, dass der Text nicht mit dem Putz zusammen abfiel.

»Was macht er da?«, fragte Agata.

»Wie gut, dass meine geliebte Schwester das nicht mehr erleben muss«, sagte Marta.

Danach verstaubte meine Sicht, und ich musste husten. In der Spiegelung der Messerklinge erkannte ich noch, wie Marta und Agata sich stumm hinausschlichen, als ob ich es nicht merken durfte. Ich blieb allein mit den Eltern zurück.

Vor zwei Tagen hatte die Babcia den Eltern völlig außer sich von ihrem bevorstehenden Termin in der UB-Zentrale erzählt, sich dabei sehr gefürchtet und nach dem Telefonat gesagt, dass sie auf keinen Fall dahin fahren würden, das käme gar nicht in Frage, eher würde sie sich noch gemeinsam mit ihm in einen Kofferraum sperren lassen.

»Du weißt doch, was mit dem Mann von Frau Herman passiert ist«, hatte sie zur Tochter gesagt, »die Arme wartet seit zwei Jahren auf seine Rückkehr. Dabei hat er sich außer ein paar kleinen Diebstählen nichts zu Schulden kommen lassen. Entweder sie halten ihn in irgendeinem Keller gefangen oder seine Überreste tauchen irgendwann in einem Fluss auf. Wie beim Vater von diesem Wojtek. Hätte es nicht gereicht, diesem Säufer ein paar Finger abzuhacken?«

Doch am Morgen war plötzlich alles anders gewesen. »Wir fahren zusammen!«, verkündete die Babcia direkt nach dem Aufstehen.

Er hatte sich gefragt, woher ihr plötzlicher Mut gekommen war und ob sie vielleicht nicht noch träumte und ob es nicht doch besser wäre, tatsächlich auf den Rat der Eltern zu hören und sich für eine Zeit einfach irgendwo zu verstecken, zum Beispiel in der Wellblechhütte der Bestien im hohen Gras hinter der Fabrik. Dort käme der Ubowca bestimmt nicht hin, dachte er. Aber wenn sich die Babcia einmal etwas in den Kopf gesetzt hatte, gab es kein Zurück mehr.

»Wir wurden beide eingeladen, also nehmen wir auch beide die Einladung an. Das gehört sich so.«

Und so liefen sie jetzt den langen Gang entlang, an dessen Ende sich das Büro des Ubowca befand. *Herr Kwaśniewski* stand an der grauen Tür geschrieben. Die Babcia wartete lange, ehe sie klopfte. Dann betrat sie vorsichtig das Zimmer, ohne seine Hand loszulassen. Die gelbe Tapete erinnerte ihn an ein Wespennest, es gab eine weitere Tür mit einer großen Milchglasscheibe, die nur angelehnt war. Die Sekretärin lotste sie gleich weiter.

Herr Kwaśniewski saß am Schreibtisch und studierte die Akten vor sich auf dem Tisch. Er beachtete sie nicht. In den letzten Monaten hatten sie sich immer wieder umsonst vorgestellt bei der UB in Radomsko und waren letztlich nach stundenlangem Warten immer wieder nach Hause geschickt worden, vielleicht würde das hier ähnlich laufen, hoffte er, während er den strengen Seitenscheitel des Ubowca und seine Uniform betrachtete. Wahrscheinlich aber wäre es doch besser gewesen, wenn zumindest er zu Hause geblieben wäre, wie von seinen Eltern vorgeschlagen.

Als sie stumm vor seinem Schreibtisch Platz nahmen, spürte er, dass auch die Babcia große Angst bekam. Einige sehr lange Augenblicke vergingen, in denen sie nicht wussten, worauf sie warteten. Bis der Ubowca beiläufig die Schublade vor sich aufmachte und zum ersten Mal zu ihnen aufblickte. Er war sich sicher, der Ubowca würde eine Waffe herausholen, seine Bewegung war seltsam langsam und sein Lächeln dazu süffisant, wie bei einem Gangster in einem amerikanischen Western. Doch was er plötzlich triumphierend in die Höhe hielt, war keine Waffe, sondern waren die Pässe für die Ausreise. Als müssten sie nur noch wie lechzende Hunde danach schnappen und los, ab über die Grenze zu den Deutschen.

Obwohl die Babcia ihm heimlich mit dem Fuß die Sporen gab, rührte er sich keinen Millimeter. Er wusste nicht, was sagen. Um den Ubowca nicht länger mit den Pässen in der Luft hängen zu lassen, nahm sie sich schließlich der Sache an.

»Oh mein Gott, der Herr Doktor Kwaśniewski hat Erbarmen mit dir Bengel (ob er ein Doktor war, das konnte sie eigentlich nicht wissen). Oh mein Gott, wir können unser Glück kaum fassen, wem können wir nur dafür danken, außer dem ehrwürdigen Herrn Doktor Kwaśniewski natürlich.«

Da war sie den Tränen schon nahe und wiederholte den Namen des Ubowca samt fraglichem Doktortitel mindestens drei Mal, als wollte sie die Erste sein, die ihm ein Denkmal setzte. In feierlichen Überbietungen den Vorgesetzten loben und sich gleichzeitig selbst damit preisen, darin war die Babcia nicht zu schlagen.

Der Ubowca errötete dementsprechend, so gut taten ihm Babcias Worte. Obwohl er ein privilegierter Parteibonze war, war selbst ein schmieriger Ubowca auch nur ein Kind des überall wütenden Mängelwesens, wie die Großmutter zu sagen pflegte.

»Jetzt musst du den Herrn Doktor Kwaśniewski umarmen, ja um den Hals musst du ihm fallen«, steigerte sie sich weiter in ihre doppelzüngige Dankbarkeit hinein, indem sie zu dem bewährten Mittel griff, den eigenen Leuten Undankbarkeit vorzuwerfen. Damit machte sie die Bühne wieder frei für den Ubowca, der so aus seiner Rührung wieder herausfinden konnte. Gerührte Parteibonzen waren nämlich gefährlich wie verwundete Tiere. Das Gerührtsein würde ihm schnell peinlich werden, und dann würde es sich gegen die wenden, die ihn in seiner Bedürftigkeit ausgestellt hatten.

»Das ist doch nicht nötig, ich sehe ja, dass er ein guter Junge ist«, sagte der Ubowca und legte die Pässe an den Rand seines Schreibtisches, direkt vor seine Nase. Er wirkte nun wie ein König, der das Schweigen seiner Untergebenen gnädig hinnahm. Die Rolle stand ihm viel besser als die des Lobempfängers. Die Babcia atmete etwas durch.

»Warst du denn immer brav zu deiner vorbildlichen Großmutter? Und dankbar, dass dich eine wahre Patriotin erzogen hat?« Er war sichtlich erleichtert, seine übliche Leier herunterspulen zu können.

»Ja, das war er, Herr Doktor.« Wieder stupste sie ihn mit dem Fuß an. »Das war er wirklich.«

Er aber war wie am Stuhl angewachsen und wusste nicht, was er sagen oder gegen seine Starre tun sollte. Er war schlicht froh, dass die Babcia es übernommen hatte, den großen Mann hinter seinem Schreibtisch zu umgarnen, dessen Lampe ihn blendete, weil er zu klein für den Stuhl war.

Und was sollte er schon sagen. Er war natürlich dem Mann sehr dankbar für die Ausreisepapiere, schon allein deswegen, weil er nun damit angeben konnte beim Hofgesindel. Denn wer bekam heutzutage schon Ausreisepapiere in die RFN? Nur die Privilegierten, die Auserwählten wie Anhelli, der im göttlichen Auftrag sein Volk erlösen sollte aus den Ketten der Geschichte. So hatte sein Uropa Franciszek es ihm erzählt. Gleichzeitig hatte der sich aber sehr aufgeregt, wie es ihm jetzt wieder einfiel, dass selbst er als einfacher Schlosser solche unverständlichen Bücher wie das von Anhellis Reise lesen sollte. Und über die armen Polen, die immer von den reichen Emigranten gerettet werden wollen.

Kaum aber hatte er an das neidische Hofgesindel gedacht, löste sich etwas in ihm, und er fasste Mut. »Nach Ostern bin ich wieder zurück, Herr Doktor Ubowca«, womit er nur sagte, woran er sowieso glaubte.

»Herr Doktor Kwaśniewski«, korrigierte ihn die Babcia sofort und drückte ihm ihre langen Fingernägel in die Hand. »Sie müssen ihn entschuldigen, der Junge bringt manches noch durcheinander. Er ist sehr aufgeregt, hier zu sein.«

»Sie sollten mich nicht für dumm verkaufen, und den Jungen auch nicht, wir wissen doch, dass ich nicht den besten Ruf bei gläubigen Leuten wie euch genieße. Ich habe auch eine Großmutter zu Hause sitzen. Selbst der habe ich ihren Glauben nicht aberziehen können. Wir haben schon in den 70ern aufgehört, gegen die Kirche zu arbeiten, und stattdessen auf ihre guten Kontakte gesetzt. Das ist Ihnen sicher nicht entgangen, dass Parteitreue und Glauben sich nicht mehr ausschließen. Wir sind Verbündete im Kampf gegen den Kapitalismus und für eine gesunde polnische Volksrepublik. Hat der Junge denn fleißig zu *Matka Boska* gebetet?«

»Ja, das habe ich«, antwortete er prompt, denn der Ubowca fing an, ihm Spaß zu machen.

»Hast du wirklich alles gebeichtet«, beugte er sich über seinen Schreibtisch und zwinkerte ihm zu. Wäre nicht das Zwinkern gewesen, er hätte den Pfarrer in ihm erkannt, der in ähnlichen Momenten statt zu zwinkern immer Schokolade aus dem Vatikan oder wertvolle westliche Klamotten aus seinem Kleiderschrank herausholte. Nur dass beim Herrn Pfarrer alles irgendwie immer dunkel und lila war, während hier im Büro alles eher hell und grau-braun gehalten war. Die Farben hier gefielen ihm besser. Es roch auch nicht so muffig wie in der Pfarrei.

»Er musste alles beichten, Herr Doktor Kwaśniewski, wegen der Kommunion«, fügte die Babcia ängstlich hinzu.

»Na, wusste ich es doch, dass ihr gute Kirchgänger seid. Aber das hält unsere Gemeinschaft aus. Du kannst deinen deutschen Freunden erzählen, wie tolerant und großzügig das kommunistische Polen ist. Die Kirche ist bei weitem nicht so schlimm wie die Brüder und Schwestern, die nie in die Kirche gehen und stattdessen den Eindruck erwecken, es lohne sich, in sie zu investieren, die sich dann aber in den Westen aufmachen, um ihre mühsam an sie vermittelten Kenntnisse an den dekadenten Überfluss zu verschwenden. Das sind die wahren Glaubensverräter unserer Volksrepublik. Oder hast du deine Eltern jemals in die Kirche gehen sehen, mein Junge«, predigte der Ubowca nun fast wie der Pfarrer von der Kanzel.

»Natürlich gehen seine Eltern in die Kirche.«

»Nun lassen Sie ihn doch selbst antworten. Der Junge hat etwas zu sagen, das sehe ich.«

»Ich habe sie nie in die Kirche gehen sehen«, widersprach er der Babcia, weil er irgendwie Lust darauf bekam, die Eltern anzuschwärzen. »Mich aber haben sie jeden Sonntagmorgen geschickt, weil sie allein sein wollten, bevor Vater und ich abends wegfahren mussten.«

»Zum Studieren nach Łódź«, ergänzte die Babcia pflichtschuldig. »Während mein Enkelsohn bei mir in der Stadt zur Schule ging, weil das Dorf, in dem meine Tochter eine Apotheke leitete, zu klein war.«

»Ich bin beim Gottesdienst aber nie nach vorne in die erste Reihe gegangen, sondern immer absichtlich zu spät gekommen und habe mich in der letzten Reihe versteckt, um kurz vor Ende abzuhauen. Damit mich keiner sieht, weil es mir peinlich war, allein in die Kirche zu gehen.«

»Na, sehen Sie, der Junge wird ja immer mutiger, da muss sich die Großmutter um ihren Enkelsohn keine Sorgen machen, er ist schon jetzt ein würdiger Vertreter unserer Volksrepublik. Warum soll sich ein Junge auch nicht schämen, allein in die Kirche gehen zu müssen, während die Eltern ein Schäferstündchen abhalten.«

»Aber Herr Dr. Kwaśniewski, bitte nicht solche Einzelheiten vor dem Jungen.«

»Der Junge soll die ganze Wahrheit wissen und erfahren, wie aufrichtig die Volksrepublik mit zurückgelassenen Kindern umgeht.«

»Sie mussten ihn zurücklassen!«, platzte es aus der Babcia heraus, die sich sofort entschuldigte, als hätte sie sich versprochen.

»Sie haben ihnen doch etwa dieses Märchen nicht abgenommen, dass sie keine Papiere für ihren Sohn bekommen hätten?«

Die Babcia schaute beschämt auf den Boden und flüsterte: »Das haben sie uns erzählt.«

»Dann kläre ich Sie mal auf, Frau Słowiańska. Ihre Tochter war mit ihren zwei Kindern in Częstochowa gemeldet, der heiligsten Gemeinde Polens, der Stadt von Gottesmutter Maria, ihr Schwiegersohn hingegen in der Gemeinde von Łódź, bei seinem Vater, dem Generaloberst. Sie haben die Urlaubspässe nicht als Familie beantragt, sondern die Mutter für sich und ihre Tochter, der Vater nur für sich. Damit gerieten sie nicht in Verdacht, fliehen zu wollen und womöglich eine mehrjährige Ausreisesperre zu bekommen. Sie haben also einen Fehler der Verwaltung ausgenutzt, die ihre Heirat übersehen hat, und wollten auf keinen Fall ein Risiko eingehen bezüglich ihrer Ausreise. Deshalb haben sie auch keinen Pass für ihren Sohn beantragt. Sie ahnen, was ich sagen will.«

Der Ubowca beugte sich über seinen Schreibtisch und fuhr seinen Schädel weit aus, wie ein Vogel mit einem langen Hals. Das Auge kam dem seinen ganz nah. Es war riesengroß, sein Blick drohend, aber irgendwie auch gütig.

»Deine Eltern haben dich als Pfand hier zurückgelassen«, sagte er ganz leise und wartete. Vielleicht wollte er prüfen, ob er einen Schrecken bekam? »Natürlich könnten wir dich in ein Umerziehungsheim stecken. Wie es üblich ist. Für solche wie dich!«

Er aber hielt dem Auge des Ubowca genauso stand wie Wojteks harter Stirn. Er rührte sich nicht.

Dann erst zog sich der Ubowca wie ein Raubvogel in sein Nest weit hinter den Schreibtisch zurück, um von dort das Urteil zu verkünden:

»Nein, nein, dieser Junge braucht keine Umerziehung. Vielmehr wird er derjenige sein, der seine Eltern umerzieht. Die sind es, die einem falschen Profitglauben nachjagen. Wozu sollen wir diesen klugen Jungen durch Zwangsmaßnahmen gegen uns aufbringen. Glauben Sie mir, ich weiß, wovon ich rede, an diesem Jungen werden sich die feigen Flüchtlinge im Westen ihre Zähne ausbeißen. Er wird sich nicht blenden lassen von leeren Versprechungen. Er wird wachsen an seiner Ausreise und noch stärker zurückkommen, als er jetzt schon ist. Dann werden es die Eltern sein, die ihm nachweinen und um Verzeihung bitten für ihre Fehler. Du gefällst mir, mein Junge.«

Während der Ubowca seinen Monolog über die Privilegien der Volksrepublik fortsetzte, dachte er an seine Beichte kurz vor der Kommunion. Er hatte sich nicht getraut, dem Herrn Pfarrer die Wahrheit zu sagen, was er jetzt bereute, da er den Ubowca so überschwänglich und überzeugt sprechen hörte. Es tat schlicht gut, jemanden dabei zu beobachten, dem es unheimlichen Spaß bereitete, sich nicht zurücknehmen zu müssen. In der Beichte hatte er dem Pfarrer erzählt, dass er manchmal keine Hausaufgaben machen wollte und nicht immer auf die Babcia hörte und zu lange, das kam aber eigentlich nur im Sommer vor, im Hof Fußball spielte, anstatt, und da wiederholte er sich, weil er nicht wusste, was er sonst sagen sollte, eben Hausaufgaben zu machen. Eigentlich hätte er erzählen sollen, dass er nicht zu seinen Eltern in die RFN nachkommen wollte. Und dass sie bei seiner Kommunion hätten anwesend sein müssen, ihm Geschenke bringen, anstatt sich mit seiner Schwester irgendwo zu verstecken. Gleichzeitig aber stellte er sich die vielen schnellen Mercedes und Porsche vor, und dann vermisste er die Eltern. Es kam ihm aber seltsam, ja sogar verboten vor, dass er ihnen nicht mehr nachweinte, als würde er sich an ein selbstständiges Leben ohne Eltern gewöhnen. Vater und Mutter waren zu ehren, das hatte er gerade im Katechismusunterricht vom strengen Pfarrer gelernt, der ihm regelmäßig die Ohren langgezogen und Pferdeküsse auf die Oberschenkel verpasst hatte, wenn er die Zehn Gebote falsch aufgesagt hatte.

Das alles hätte er gern gebeichtet. Aber seine Großmutter hatte ihm strengstens verboten, mit irgendjemandem über seine Eltern und deren Ausreise zu sprechen, und schon gar nicht mit dem Herrn Pfarrer. Stattdessen wollte er jetzt beichten, wie das Hochzeitsbuch bei Marysia zur Erprobung gekommen war, und dass er nicht verstand, warum seine Vorhaut sich nicht so weit zurückziehen ließ, wo er doch seinen Penis an Marysias

Pobacken reiben sollte, die dabei auf allen vieren lustige Tiere nachstellte.

Am Ende hatte er aber auch das nicht gebeichtet. Das war jedoch nicht Babcias Schuld. Er selbst hatte im letzten Moment entschieden, diese wichtigen Informationen zunächst einmal zurückzuhalten. Im Gegensatz zur Babcia hatte er keine Sorge, dass der Ubowca heimlich lauschte, eher dass der Pfarrer ihn direkt bei Herrn Gott verriet. Das wollte er auf keinen Fall. Er wollte es sich nicht nehmen lassen, diese Fragen zu gegebener Zeit mit Herrn Gott selbst zu besprechen.

»Sie dürfen die Pässe jetzt einstecken«, sagte der Ubowca erschöpft und gönnerhaft, als hätte er gerade den Befehl zum Bodenaufwischen nach getaner Schmutzarbeit gegeben.

Daher holte er behutsam eine Papiertüte aus seiner Jackentasche, die noch nach Babcias Leberwurstbroten roch, schüttete die Krümel auf dem Boden aus und strich die Tüte fein säuberlich auf dem Schreibtisch des Ubowca glatt, so wie auch die Babcia das immer machte, bevor sie ihm neue Brote einpackte. Dann nahm er ganz ruhig den vor ihm liegenden Reisepass und steckte ihn in die Papiertüte. Er spürte, wie ihn die Babcia entsetzt von der Seite anstarrte. Der Ubowca lächelte irritiert, sah aus, als wolle er eingreifen. Etwas schien ihn aber zurückzuhalten, er verharrte in einer seltsamen Pose, mit einer Hand auf dem Herzen, als würde er gleich die polnische Hymne singen. In der Zwischenzeit wagte auch die Babcia, viel unsicherer als er, ihren Pass vom Schreibtisch zu nehmen. Dann hielten sie beide ihre Pässe in den gefalteten Händen, schauten aber jeder für sich auf den Boden, wo am Horizont die schwarzen Stiefel des Herrn Ubowca glänzten.

Sie verließen das Büro so unauffällig wie möglich, als hätten sie nichts zu verheimlichen. Herr Ubowca blieb in der Tür stehen und schaute ihnen über den ganzen langen Flur nach, während sie betont ruhig Richtung Ausgang schritten. Auf keinen Fall durften sie rennen. So wie man nicht zu langsam fahren durfte, wenn man über die Schlaglöcher auf der polnischen Autobahn hinwegschweben wollte.

Kurz vor Ende des Ganges schraken sie noch einmal auf, wie zwei überspannte Saiten, die von jeder noch so winzigen Berührung zerrissen werden konnten.

»Auf Wiedersehen, Frau Słowiańska«, hörten sie Herrn Ubowca belustigt rufen. »Wir sehen uns nach den Osterferien wieder. Und stecken Sie endlich Ihren Pass in die Papiertüte. Wir wollen doch nicht, dass jeder Sie damit hinausspazieren sieht.«

Sie blieben kurz stehen. Ohne sich umzudrehen nahm die Babcia die Papiertüte und steckte sie mit beiden Pässen in ihre Handtasche. Dann gingen sie noch langsamer als vorher. Er wünschte, sie hätten sich unsichtbar machen können. Sogar als der Wachmann die Tür hinter ihnen bereits geschlossen hatte, waren sie nicht sicher, ob sie das Gebäude lebend verlassen hatten. Die Babcia hielt ihn immer noch viel zu fest an der Hand und eilte so schnell sie konnte zum Bahnhof. Sie sprachen kein Wort.

Als sie die Hälfte des großen Platzes vor dem UB-Gebäude überquert hatten, kam ein Mann mit schnellen Schritten auf sie zu. Sie waren ganz sicher, dass er sie festhalten und abführen würde. Vielleicht hatten sie ihn sich aber auch nur eingebildet, die große Angst fuhr ihnen wie der kalte Gegenwind stechend durch die Glieder, obwohl sie geduckt und ganz nah beieinander liefen.

Auch die undichte und nach Urin stinkende Bahnhofshalle bot keinen Schutz. Am Ticketschalter brachte die Babcia mit zitternder Stimme gerade mal zwei Worte heraus:

»Nach Radomsko.«

»Wie alt ist Ihr Junge?«, fragte die Kassiererin.

Die Babcia aber schien sie nicht gehört zu haben. Ihre Hände zitterten, als sie den Geldbeutel aus der Handtasche holte.

»Ist alles in Ordnung«, fragte die Kassiererin nach.

Die Großmutter schaute sie mit Tränen in den Augen an, worauf sie unverzüglich zwei Tickets ausstellte. Wahrscheinlich war es nicht das erste Mal, dass jemand völlig aufgelöst die Stadt verließ, in der das UB-Bezirkshauptquartier angesiedelt war. Die Babcia verstaute die Zugtickets und den Geldbeutel in der Handtasche und machte hastig den Reißverschluss zu, als wäre das der einzig sichere Ort auf der Welt. Wortlos eilten sie weiter zum Bahnsteig.

Erst im Zug, nachdem sie sich mehrmals umgedreht hatte, ob jemand ihnen gefolgt war, und nachdem die

Kontrolleurin die Zugtickets verlangte hatte, sie also ohnehin ihre Handtasche hatte öffnen müssen, wagte sie einen verstohlenen Blick auf die Pässe. Er beobachtete sie genau. Sie schaute gerührt, aber auch irgendwie traurig versonnen ihre Ausreisepapiere an.

Kurz vor Radomsko erzählte sie wie aus dem Nichts von ihrem Vater und wie er einmal einem Juden geholfen habe, einem Tischler aus der Nachbarschaft, der vor dem Krieg den runden Tisch und den Schrank mit den gewellten Türen für sie angefertigt hatte, die jetzt auf dem Speicher standen zwischen all dem anderen zurückgelassenen Zeug. Der Vater habe dem Juden damals erlaubt, für seine Flucht den Pass aus seinem Fabrikkittel zu stehlen. Das sei zu einer Zeit gewesen, als Polen und Juden sich noch eine Umkleide teilten. Zu Hause habe es Ärger deswegen gegeben mit der Mutter, die um das Leben ihres Mannes fürchtete. Und tatsächlich, als die Deutschen den Juden mit den Papieren an der Grenze schnappten, habe er ihn verraten, und kurze Zeit später habe die Gestapo vor ihrer Tür gestanden. Sie hätten ihren Vater wegen Fluchthilfe schon abführen wollen, wäre nicht ein junger SS-Mann vorbeigekommen, der ihnen manchmal Weizen brachte, weil er das junge Mädchen, das die Babcia damals noch war, so mochte. Dann brach die Geschichte genauso jäh ab, wie sie angefangen worden war, und die Babcia schaute schweigend aus dem Zugfenster hinaus. In den schneebedeckten Wäldern hatte sich ein dichter Nebel gebildet. Er wusste nicht, was die Geschichte zu bedeuten hatte, vermutete aber, dass die Babcia ihm heute das Leben gerettet hatte wie damals als junges Mädchen ihrem Vater. Oder war es umgekehrt, hatte er ihr Leben gerettet?

Kaum hatte er sich diese Frage gestellt, wurde er unruhig. Ohne seinen Blick vom Fenster abzuwenden, krallte er sich mit einer Hand an Babcias Knie fest. Er konnte kaum glauben, was er im Dunst des Nebels erblickte. Ein Vogel entstieg dem Wald, der genauso aussah wie der Göttervogel, der ihm im Sommer blitzartig ins Rückgrat gefahren war, allerdings diesmal ohne die lange Schleppe mit dem Konterfei von Urgroßvater Franciszek. Aus dem Dunst stieg er zum Himmel empor, gleißendes Licht brach durch die Wolken, sein Gefieder teils golden, teils ganz rot erleuchtet. Wie ein Adler sah er aus, als er immer höher flog. Er drückte sein Gesicht ganz dicht an das kalte Fenster, wollte es schon öffnen, um ihm nachschauen zu können, da kehrte der Vogel im Sturzflug um. Wollte er wieder in sein Rückgrat fahren, um ihn gänzlich auseinanderzureißen? Wieder spürte er den stechenden Schmerz. Der Vogel aber kreiste dicht über den Baumkronen und fuhr den Schädel an seinem langen Hals aus. Sein riesengroßes Auge blickte ihn an wie zuvor das Auge des Herrn Ubowca, ehe der Vogel wieder zurückflog in den frostigen Nebel des Waldes, dem er entstiegen war. Er ließ das Knie der Großmutter los und lief aus dem Abteil auf den Gang hinaus, wo nur vereinzelte Passagiere saßen, die trotz ihrer dicken Pelze und schweren Mützen starr waren vor Kälte, rannte von einem Großraumwagen zum nächsten bis in die Kabine des Zugführers, der gerade Besuch von der rosigen Kontrolleurin hatte. Beide lachten sie ihn aus und schickten ihn wieder weg. So kehrte er um, verpasste sein Abteil, bis er ans Ende des letzten Waggons kam, dessen Tür undicht schepperte. Der Zug donnerte hier noch lauter als sonst, der Wind pfiff den Schnee herein, niemand hatte hier Platz genommen, er war ganz allein. Die Schienen schnitten wie die Klinge einer Sichel eine lange rechtsgebogene Kurve in die verschneite Waldlandschaft. Er betrachtete die Querbalken der Bahnschienen, sie schienen ihn zu sich zu rufen wie ein ferner und tiefer Abgrund, der sich immer breiter und reißverschlussartig vor ihm öffnete.

Er schob die Tür auf und trat auf die Brücke des Waggons. Sofort hüllte ihn das ohrenbetäubende Donnern des Zuges ein. Eiskristalle bildeten sich auf seinem Gesicht und seinen Händen. Die steif vereisten Tannen wirbelten wie Besen, peitschten ihm die Schneemassen entgegen. Er hielt sich am Geländer fest und wunderte sich, dass ihm nicht kalt war. Im Gegenteil, er glühte sogar so sehr, dass er einen starken Durst verspürte und die Schneeflocken trank, wie ein roter Feuerball kam er sich in der Winterlandschaft vor.

Er wusste nicht, wie lange er auf der Brücke über der verwaisten Kupplung gestanden und wer ihn zurückgerufen hatte.

»Das ist der Wald der Partisanen deines Uropas, tausende Kilometer reicht er bis weit über die weißrussische Grenze hinaus«, sagte die Babcia, als wäre sie aus einem Traum erwacht und hätte ihn gleich mit wachgerüttelt. »Hier hat sich dein Urgroßvater vor den Deutschen versteckt und nachts auf Bäumen geschlafen, wenn er das

Geheul der Wölfe näher kommen hörte und ihre Augen in der Nacht schon leuchten sah.«

»Im Wald waren wir den Deutschen immer einen Schritt voraus«, hörte er Urgroßvaters Stimme aus dem Nebel. »Der Frost war unsere Zeitkonserve, er fror die Abdrücke ihrer Körper im Dunst ein. Wir wussten immer, wer sich gerade im Wald aufhielt, auch wenn die Spuren im Schnee verwischt worden waren. Das haben die Deutschen nicht verstanden, und wir haben ihnen die Köpfe eingeschlagen. Oder die Wölfe haben sie zerrissen.«

Er verriet der Babcia nichts von Urgroßvaters Stimme. Denn sie würde glauben, er sei wieder allein auf dem Friedhof gewesen. Und dann würde sie ihrer Tochter am Telefon davon erzählen, und es würde wieder Ärger geben. So schauten sie die restliche Fahrt über still aus dem Zugfenster.

Zu Hause gab es Wurstbrote und einen heißen Tee, danach musste er schnell die Zähne putzen. Wie jeden Abend schaute er dabei den Zahnputzbecher mit der Prothese von Uropa Franciszek an. Die Babcia glaubte, sie könne sie später noch benutzen. Der Wasserboiler röchelte, er hatte zu viel heißes Wasser verbraucht. Für ein warmes Bad musste die Babcia jetzt zwei neue Kohleeimer hochschleppen, um den Küchenofen nachzuheizen. Auch das würde Ärger geben.

Er kannte jeden Winkel dieser Wohnung, es war sein Zuhause, unvorstellbar, es für immer Richtung RFN zu verlassen. Er bekam bereits Heimweh, bevor er überhaupt losgefahren war. Wie konnten die Eltern ihr Zuhause aufgeben für etwas so Unbekanntes? Gibt es auch eine Sehnsucht nach der Ferne?

»Komm jetzt raus aus dem Bad«, hetzte ihn die Babcia.

Draußen hörte er die Bestien Fußball spielen. Es wurmte ihn, dass er nicht mitspielen durfte, schließlich wurde im Winter nicht oft gespielt.

»Hast du nicht genug Abenteuer für heute erlebt. Außerdem will ich nicht, dass du in der Dunkelheit nach draußen gehst. Man kann nie wissen, wann der Ubowca seine Meinung ändert. Nächste Woche melde ich dich von der Schule ab, und wir fahren nach Warschau, um die Visa zu beantragen. Dann müssen deine Eltern schnell Geld für die Flugtickets schicken, und dann müssen wir nochmal nach Warschau. Wenn alles gut geht, können wir gleich zu Beginn der Osterferien los.«

Statt Fußball zu spielen, schaute er Fernsehen, wie fast jeden Abend das Gutenachtmärchen und danach die Nachrichten, am Wochenende kam ein Spielfilm dazu. Als Uropa Franciszek noch lebte, hörten sie um Mitternacht heimlich den verbotenen Radiosender *Radio Freies Europa*. Es war nicht einfach, die richtige Kurzwelle einzustellen, weil der Sender von den Russen gestört wurde. Wenn es ihnen aber gelungen war, hingen sie beide Ohr an Ohr am Transistorradio, versteckt hinter dem Regal im nur von der Laterne schummerig erleuchteten Wohnzimmer. Die Babcia hingegen hatte *Radio Freies Europa* verboten aus Angst vor der mächtigen Ohrmuschel des Ubowca.

Stattdessen lief der Film *Kreuzritter*. Obwohl am

nächsten Tag Schule war, durfte er ihn zusammen mit der Babcia anschauen. Sie aber schaute nicht richtig hin und sah die ganze Zeit so aus, als würde sie Kopfrechnen, während er sich genau einzuprägen versuchte, wie ein deutscher Ordensritter einem polnischen Gefangenen mit einem heißen Messer das Augenlicht ausbrannte. Selbst als Frau Herman an die Tür klopfte und schon mit einem Bein im Wohnzimmer stand, scheuchte Großmutter sie wie eine lästige Fliege davon.

»Nicht jetzt, hauen Sie ab, ich habe den Kopf zu voll, und außerdem muss ich noch einen Apfelkuchen backen.«

»Oh, Frau Słowiańska ist wohl schlecht gelaunt, was«, sagte die buckelige Frau Herman und trat humpelnd den Rückzug an.

Die Babcia konnte sehr entschieden und gehässig sein, wenn sie es für nötig hielt. Eine Überlebenskämpferin bist du, dachte er, eine tolle Erzählerin und, wenn es sein muss, auch eine große Lügnerin vor dem Herrgott, wie sie selbst zugab. Alles das tust du für uns, für dich und deinen Enkelsohn. Er betrachtete seine Babcia voll zarter Bewunderung.

»So, Fernsehen aus! Den blöden Film hast du schon so oft gesehen. Am Wochenende besuchen wir Marta, dafür muss ich einen Kuchen backen. Dann fährt uns meine geizige Schwester vielleicht auch nach Warschau. Oh mein Gott, womit habe ich das alles nur verdient.«

Er durfte also nicht mehr mitfiebern, wie der polnische Ritter die bereits als verloren gegoltene Schlacht bei Grunwald zwar ohne Augenlicht, dafür aber mit Pauken und Trompeten und schweren Geigen (und natürlich Gottes Hilfe) durch eine List doch noch für sich entschied, indem er Gräben ausheben und mit Stroh bedecken ließ, in denen dann die Deutschen mit ihrer als unbesiegbar geltenden Pferdestärke hart landeten. Stattdessen: auf die Knie, vor die Wand, in Richtung Jesus-Christus-Kreuz und nicht in Richtung des Geld zählenden Juden. Wie jeden Abend kam das Vaterunser, in dem er wie von der Babcia angemahnt erstens darum bat, bald mit seinen Eltern zusammen sein zu dürfen, sich zweitens für die Ausreisepapiere bedankte und drittens den Herrn Ubowca in seine Gebete mit einschloss und ihm alles Gute wünschte, ihm und seiner Familie, obwohl er ein Feind war und obwohl er gar nicht wusste, ob er überhaupt Kinder hatte.

Also lief alles nach dem Plan der Eltern, dachte er trotzig aufgewühlt im Bett. Vermutlich weil er keinen eigenen Gegenplan entwickelt hatte. Wie konnten sie nur wissen, dass er ihnen würde nachkommen dürfen? Oder hatten sie ihn mit Absicht zurückgelassen, wie der Ubowca es gesagt hatte, und die Ausreise riskiert, gerade weil sie gar nicht vorhatten, ihn nachzuholen? Vielleicht hatten sie ihn längst vergessen und waren froh, allein mit seiner Schwester zu sein. Eins stand aber fest: Falls sie ihn nicht vergessen hatten, würde er sie zwar besuchen, aber keinesfalls würde er bei den Deutschen bleiben. Von diesem Plan würde er sich nicht abbringen lassen.

Er konnte nicht einschlafen an diesem Tag. Lange noch schaute er auf das Bild von Uropa Franciszek, das an der gegenüberliegenden Wand in einem goldenen Rahmen hing. Sein Bein schmerzte wieder. Die Gerüche des Apfelkuchens nahmen die Wohnung ein, so dass er wieder Hunger bekam. Als die Babcia sich ebenfalls schlafen legte, hakte sie sich wie immer bei ihm ein. Gemeinsam blickten sie an der Kastanie vorbei hinaus auf die Laterne. Als er bereits die Augen kaum noch offen halten konnte, strich sie ihm über die Stirn und sagte:

»Was für ein kluger Junge du bist und welch eine große Kraft von dir ausgeht. Du allein hast den Ubowca heute mit deiner Papiertüte überzeugt. Der Herrgott meint es gut mit dir.«

Kratzgeräusche ritscheratsch,
das Messer sticht,
der Putz, der bröckelt,
es kratzt und zieht,
es reibt und raspelt.
–
Auf die Knie!
Der Lack fällt ab!
Ja schau,
der Weg ist das Ziel, der Weg ist das Ziel.

»Schau mal, was ich hier im Regal gefunden habe. Was ist das?«, fragte die Mutter den Vater.

»Das ist ein Erlass der Volksrepublik Polen von 1985. Damit wurde bestimmt, dass Kinder, die von ihren Eltern in der Volksrepublik Polen zurückgelassen wurden, nicht mehr zurückgehalten werden durften. Wahrscheinlich hat er aufgrund dieses Erlasses seine Ausreiseerlaubnis bekommen.«

»Eigentlich hatten wir richtig Glück«, sagte die Mutter. »Wir hätten ihn sonst vermutlich viele Jahre nicht gesehen. Zeig ihm das lieber nicht, das macht ihn nur traurig.«

»Warum«, fragte der Vater, »die Geschichte ist doch positiv ausgegangen. Wir haben etwas riskiert und gewonnen. Ich weiß nicht, warum er das nicht sportlich sieht.«

»Wir waren sehr naiv«, sagte die Mutter und schaute versonnen aus dem Fenster.

»Ohne Naivität hätten wir gar nicht entscheiden können, das gehört dazu.«

»Weißt du noch, wie sehr er geweint hat, als wir das erste Mal anriefen und er erfuhr, dass wir nicht zurückkommen?«

»Ihm hat es an nichts gefehlt.«

»Er hat alles bekommen, was er wollte, alles«, pflichtete die Mutter bei. »Selbst wenn wir in Polen geblieben wären, er hätte doch nicht weiter auf diese schlechte Schule in Radomsko gehen können, das hätte ihm die ganze Zukunft verbaut. Wir hätten ihn ohnehin nach Łódź in die Schule schicken müssen und ihn dann auch viel weniger gesehen.«

»Als Kind bin ich täglich fünf Kilometer zur Schule gelaufen, hin und zurück. Kaum hatte ich mich an einen Weg gewöhnt, sind wir wieder umgezogen. Ich musste zehn Mal die Schule wechseln, weil das Militär meinen Vater an verschiedene Orte versetzt hat. Ich habe mich früh daran gewöhnt, allein zu sein. Es ging mir gut dabei. Ich beschwere mich nicht«, sagte der Vater und legte die Beine demonstrativ auf das Sofa, schnaufte tief durch, um zu zeigen, dass er in der Lage war, sich mit der einfachsten Fensteraussicht zu begnügen. Plötzlich schien er richtig redselig.

»Als ich fünf Jahre alt war, stell dir das vor, fünf Jahre, sind meine Eltern übers Wochenende weggefahren und haben mich vergessen. Es war Winter, ich kam am Nachmittag vom Spielen nach Hause und stand vor verschlossener Tür. Ich hatte Glück, dass ich bei den Juden in der Nachbarschaft im Kohlekeller schlafen durfte, weil ich mit ihrem Jungen befreundet war. Und weißt du, was meine Mutter gemacht hat, als sie wieder da waren? Keine Entschuldigung oder sonst was. Sie hat mit mir geschimpft, dass ich bei den Juden übernachtet habe, weil sie Angst hatte vor dem Gerede der Nachbarn. Ich weiß das noch, als wäre es gestern gewesen.«

»Er ist wie du«, stellte die Mutter zufrieden fest.

»Jugoslawien, Ungarn, Griechenland, Italien, Schweiz, Endziel Deutschland. Unsere Ausreise war ein Abenteuer. Er ist einfach neidisch, dass er nicht dabei sein konnte, deswegen benimmt er sich seit Jahren so komisch. Er sollte seinen weißen Kittel mit Stolz tragen und arbeiten, anstatt sich ständig falsche Vorbilder zu suchen.«

Während die Eltern weiter über ihre Ausreise debattierten, fiel mir das letzte Semester meines Studiums ein. Wie ich lernen sollte, als Arzt die Geschichten, die ich mit den Patienten erlebte, zu erzählen. Das Geschichtenerzählen gehöre genauso zur Therapie eines Armbruchs wie zu Therapie einer Depression, so der Professor damals. Denn in jeder Krankheit stecke immer auch die Trauer über das vergangene Leben. Jede Krankheit sei, mal mehr, mal weniger sichtbar, eine Krise, in der sich etwas entscheide, in die eine oder die andere Richtung. Mein Vater hatte kein schlechtes Herz, aber er hatte sich für etwas anderes entschieden: viele, mehr, noch mehr Patienten pro Stunde für ein möglichst hohes Honorar. Vielleicht trennte uns seine Vorstellung von Medizin mehr, dachte ich, als das eine Jahr der Trennung.

Gleich am nächsten Morgen, noch bevor er zur Schule ging, rief die Babcia beim Pfarrer an: »Wir können nächste Woche nicht kommen, wirklich nicht, ich muss den Termin absagen, es gibt zu viele andere Vorbereitungen zu treffen.« In den bevorstehenden Osterferien würde er die Eltern besuchen dürfen mit der offiziellen Erlaubnis des Herrn Ubowca. »Ja, wir freuen uns sehr«, sagte die Babcia, ohne auch nur den kleinsten Ausdruck von Freude zu zeigen. Sie würden dem Herrn Pfarrer einen Besuch abstatten, wenn sie aus RFN zurückgekommen seien, betonte sie besonders laut, als würde jemand mithören.

Er war erleichtert, dass damit die für die nächste Woche geplante Überfahrt im Kofferraum eines Fiat endgültig und offiziell abgesagt worden war. Dabei war ihm »nachts über Ungarns Grenze« von der Babcia und dem Pfarrer als ein großes Abenteuer ausgemalt worden, das er später Wojtek und Paweł einmal hätte stolz präsentieren können.

Er hatte sich schon vorgestellt, wie er in die stärkere Mannschaft gewählt worden wäre, ohne dass er den Ball mehr als dreimal hätte hochhalten müssen, was ihm im Gegensatz zu Aleksander selten gelang. Gleichzeitig wollte er auf keinen Fall mucksmäuschenstill in einem

Kofferraum von Unbekannten übernachten müssen und darauf warten, dass ihn die Eltern, so Gott will, da wieder rausfischten und dann ein Fest des Wiedersehens feierten. Eine Nacht im Kofferraum war selbst im Sommer nicht sehr warm, der Wind pfiff durch die vielen Ritzen des Fiat, seien sie rost- oder fabrikationsbedingt, so wurde ihm das zumindest erklärt von dem für die Organisation zuständigen Herrn Pfarrer, dessen Worte die Babcia zu Hause noch einmal wiederholte.

»Ich habe nie eine Nacht in einem Kofferraum verbracht, also muss ich mich auf den Pfarrer verlassen.« Ein Mal nur sei sie eingesperrt worden, das sei vielleicht vergleichbar mit einem Kofferraum, fing die Babcia wieder von den Deutschen zu erzählen an – wahrscheinlich, weil sie jetzt die Pässe hatten und die Reise nach Deutschland damit in greifbare Nähe gerückt war. Er hörte ihr nicht zu, denn er wusste bereits, was sie sagen würde, nämlich, dass sie nur mit Hilfe des freundlichen SS-Mannes mit der schicken schwarzen Uniform freigekommen war.

»Oder nein, warte, vielleicht hast du recht und es war anders«, änderte sie unerwartet die Geschichte, obwohl er gar nichts gesagt hatte. »Vielleicht haben sie mich gehen lassen, weil ich geschrien habe, dass ich krank bin und Anfälle habe, ja genau, so war das«, sagte sie erleichtert über die neue Version. »Mein Vater hatte mir ein Schild um den Hals gehängt, für den Fall, dass ich geschnappt werde. ›Vorsicht Epilepsie!‹, stand auf Deutsch darauf geschrieben. Er wusste genau, dass die Deutschen polnische Kinder als Haushaltshilfen entführten. Deswegen hatte er die Idee mit der Epilepsie. Oder vielleicht hat der SS-Mann ihm die Idee eingeflüstert, weil er wusste, dass sie keine kranken Kinder in deutschen Familien unterbringen durften.«

»Also warst du in Wirklichkeit gar nicht krank?«, fragte er verwundert nach.

»Ja, doch, später hatte ich schon Anfälle, aber die Ärzte sagten, das käme von der Periode, die ich damals das erste Mal bekam. Das verschmutzte Blut berührt das Gehirn, und das fängt dann zu zittern an. Das Zittern überträgt sich auf den ganzen Körper. Deswegen hörten meine Anfälle sofort auf, als ich keine Periode mehr bekam. Merk dir das, die Deutschen sind schuld, ohne die Deutschen hätte ich keine Epilepsie gehabt, hätte nicht diese müde machenden Medikamente nehmen müssen und hätte wie meine Schwester Abitur gemacht und wäre Ärztin geworden.«

Nur kurze Zeit später erzählte sie wieder etwas anderes, dass sie nämlich die Epilepsie erst bekommen hatte, nachdem sie nach einer Vorstellung im jüdischen Kino *Metropol* aufgegriffen und eine Nacht irgendwo gefangen gehalten worden war und ihr Vater sie nur mit Hilfe des SS-Mannes freibekommen hatte, weil er ihm den richtigen Namen des Juden verraten hat, der seinen Pass gestohlen hatte. Die Babcia hielt immer einige spannende Erklärungen ihrer Epilepsie für ihn bereit. Was das aber mit seiner Überfahrt zu den Deutschen zu tun hatte, das verstand er nicht.

In der Schule hatte er den Rest der Woche nichts von den Pässen erzählen dürfen, die Babcia hatte es ihm strengstens untersagt. Am Wochenende fuhren sie mit dem Apfelkuchen im Gepäck zu Marta und Agata aufs Dorf. Der erste offizielle Abschiedsbesuch nach Erhalt der Ausreisepapiere.

Während die Babcia in der Mitte des Busses Platz genommen hatte, schaute er durch die große Frontscheibe in der ersten Reihe hinaus auf die winterlich rohen, leichenblassen Felder, die alle paar Kilometer von Dörfern unterbrochen wurden mit ihren einstöckigen Häusern aus Beton und den immer gleichen verrosteten oder für einen Parteitag angemalten Balkonen. Da fragte er sich, wie die Dörfer in der RFN wohl aussahen, und es wurde ihm klar, dass die Eltern dort, in der weit entfernten Stille, nicht in einem Dorf, sondern in einer Stadt mit dem fremden Namen *Karlsruhe* lebten. Sie hatten die Adidas-Schuhe in ein Papier mit der Aufschrift *CDU Karlsruhe* eingepackt und erklärt, dass dieses *h* im Deutschen stumm sei und nicht ausgesprochen werden dürfe. Der Babcia hingegen war vor allem der dicke Helmut Kohl ins Auge gestochen: »Schau mal, das ist der neue deutsche Führer, dein zukünftiger Chef. Hoffentlich hat er nicht zu viel Kohl im Kopf und bekommt wieder Heißhunger auf Polen.«

Auch die im Sommer prall schwitzenden Gewächshäuser würde er nicht wiedersehen, nicht mehr im Schutz der Apfelbäume auf durchrauschende ausländische Kennzeichen warten, nicht aus den ausgetrockneten Wassergräben links und rechts der Straße herausspringgen, um die viel zu schnellen Ungarn oder die tuckernden Tschechoslowaken mit faulen Äpfeln zu bewerfen. Er ahnte, dass diese Fahrt die letzte ihrer Art war.

»*O Matka Boska, chyba sobie złamałam kręgosłup!* Oh, Mutter Gottes, ich glaube, ich habe mir das Rückgrat gebrochen!«, schrie die Babcia auf. Hilflos wie ein umgedrehter Käfer lag sie auf einmal neben ihm auf dem Boden und begann zu röcheln. Die Babcia war gegen den Keil des nach oben geklappten Beifahrersitzes geworfen worden und mit dem Rücken darin stecken geblieben. Der Schmerz musste gewaltig sein, wenn es der Babcia die Sprache verschlug, dachte er.

»Da haben Sie aber Glück, dass Sie nicht von der Frontscheibe geköpft worden sind«, schnauzte der Busfahrer die Babcia an. Warum sie sich nicht festgehalten habe und warum sie sich überhaupt während der Fahrt habe umsetzen wollen. Der dickbäuchige Mann stand über ihr und war richtig wütend.

»Das hast du jetzt davon. Hätte ich mir was getan, wäre nichts aus der Ausreise mit deiner Babcia geworden. Dann hätte dich doch der Pfarrer bei Nacht und Nebel allein in einen Kofferraum stecken müssen.«

»Jetzt hören Sie doch auf, dem Jungen Angst einzujagen«, sagte der Busfahrer.

»Sie haben leicht reden, der Junge setzt seiner Großmutter zu lange schon Flausen in den Kopf.«

»Aber gelaufen sind Sie schon noch selbst, oder!«

»Die Deutschen habe ich überlebt, und nun bricht mir ausgerechnet eine blöde Busfahrt das Genick. Eine polnische Tragödie ist das. Nun helfen Sie mir endlich aufstehen, Sie sehen doch, dass ich nicht allein vom Boden hochkomme mit diesem verdammten Pelzmantel auf den Schultern.«

Der Busfahrer zog die Babcia hoch wie einen Koloss aus einem viel zu engen Verlies. Er hingegen rührte sich nicht von seinem Sitz, da er fürchtete, mit einer leichtfertigen Bewegung die Tränen nicht mehr aufhalten zu können. Obwohl es nicht seine Schuld war, dass die Babcia gestürzt war. Sie selbst wollte sich plötzlich zu ihm nach vorne setzen.

»Deine Großmutter hat einiges erlebt, ich kenn das von meiner. Das ist die Kriegsgeneration. Die hören gar nicht mehr auf, von ihren Heldentaten zu erzählen. Wenn man einmal den Hunger überlebt hat, dann überlebt man alle Schmerzen«, versuchte der Busfahrer zu beschwichtigen, weil er gemerkt hatte, dass die Babcia anzugehen letztlich bedeutete, sich selbst zu belasten.

»Ja, genau, hör nur gut zu«, sagte sie nun etwas gefasster. »Der Herr Busfahrer ist ein richtig kluger Mann. Ohne den französischen Pelzmantel meiner Mutter wäre ich wahrscheinlich schon tot.«

»Nun setzen Sie sich endlich hin, ich muss weiterfahren. Wenn sonst schon nichts mehr funktioniert in unserem geliebten Kommunismus, halte ich mich wenigstens noch an den Fahrplan.«

Tatsächlich hatte die Babcia sich beruhigt, und sie konnten die Fahrt gemeinsam in der ersten Reihe fortsetzen.

Babcias Sturz und ihr Schrei hatten ihn aber so aufgeschreckt, als hätte es ihn selbst umgeworfen. Wo kommen wir eigentlich her, fragte er sich, während der Bus über die notdürftig geteerten Straßen holperte.

»Ständig bringe ich was durcheinander. Ereignisse, die gerade stattgefunden haben, kommen mir ganz weit weg vor, oder ich erinnere sie erst gar nicht. Alte Sachen erscheinen mir so, als wären sie gestern passiert. Vielleicht stimmt etwas nicht mit mir«, sagte er zur Großmutter, die aber nur versonnen aus dem Fenster blickte und sich den Rücken gegen die Schmerzen rieb.

Warum konnte niemand ihm seine Fragen beantworten, warum musste er immer alles selbst machen, dachte er verzweifelt.

Also beschloss er, die sich überschlagenden Ereignisse zu ordnen, zunächst in seinem Kopf und dann, wenn sie zu Hause waren, auf Papier. Die Blätter würde er hinter dem Regal verstecken und erst herausholen, wenn er sie als Beweis dringend brauchte, weil er wieder durcheinandergeraten war und nicht mehr gewusst hatte, wer er war und wie er hieß.

»Kein Wort zu meiner Schwester über den Sturz«, sagte die Babcia beim Aussteigen, »sie soll sich nicht unnötig Sorgen machen.«

Die abgesagte Überfahrt im Kofferraum kam Marta und Agata unheimlich gefährlich vor. »Ich kenne keinen anderen Jungen in deinem Alter, der so etwas gewagt hätte«, sagte Tante Marta.

Für einen Moment schien sie sich seinetwegen wirklich Sorgen zu machen. Und die fette Agata, die schaute ihn schmachtend an. Erst da begriff er, dass die Babcia ihre Schwester Marta und deren neunmalkluge Tochter Agata gegen den Willen des Pfarrers in die Pläne eingeweiht hatte. So hätte sie am Ende nicht allein mit der Entscheidung dagestanden, wenn die Flucht schiefgegangen wäre.

»Solch eine Reise konnte nicht Gottes Wille sein«, sagte Marta, und die Babcia pflichtete der Zahnärztin ergeben bei, wie sie es immer tat. Schuld an allem Übel der Familie hatten natürlich die geflüchteten Eltern. Das Gerede begann ihn mächtig zu langweilen. Es tat ihm zwar gut, wenn die Eltern ausgeschimpft wurden, aber er begriff auch, dass nicht nur das Hofgesindel, sondern auch die eigene Familie vor Neid auf seine Eltern platzte. Dass sie sich eigentlich nur über sich selbst ärgerten und über ihren fehlenden Mut. Sie hatten schlicht Angst, ihr verarmtes Dorf zu verlassen. Auch Martas Mann, ein Architekt, der der Musik, aber auch dem Alkohol und den Zigaretten zugetan war, würde den Status des Privilegierten unter den ganz Armen und Feigen bevorzugen, hatte ihm die Babcia einmal erklärt. Sie waren auf ihren Träumen sitzen geblieben, mit Vorwürfen gegen alles und jeden, wahrscheinlich für ihr ganzes restliches Leben. Das hätte er ihnen gern gesagt, er dachte aber stattdessen an sein Wohnzimmer, wo die Pässe versteckt unter dem Sofa lagen und ihm eine andere Zukunft versprachen.

»Mach dir keinen Kopf«, sagte Marta zur Babcia. »Ihr habt jetzt die Papiere, und die Fahrt ist abgesagt. Was hättest du denn auch anderes machen sollen, etwa dein restliches Leben auf ihn aufpassen, während seine Eltern es sich in RFN gut gehen lassen? Nein, hierbleiben kam für ihn sowieso nicht in Frage. Und ich hätte dir auch nicht helfen können, der Bengel versteht sich gar nicht mit Agata. Die schlagen sich die Köpfe ein, wenn man sie allein lässt.«

Während die beiden Schwestern das Für und Wider von Abreisen oder Zuhausebleiben erörterten, lud Agata ihn zum Spielen in ihr Zimmer ein, was sie sonst nie tat. Sobald sie die Tür geschlossen hatte, legte sie sich auf das Bett und zeigte ihm ihre großen Brüste.

»Na, traust du dich, du Superheld«, sagte sie und stellte ihn vor die Wahl, entweder sofort ihre Brüste zu küssen oder sie würde sich bei der Babcia beschweren, dass er es gewagt hatte, gegen ihren Willen ihre Brüste zu küssen. »Na, wird's bald, wir haben nicht ewig Zeit, mir wird kalt.«

Agata wurde ungeduldig. Wenn er nicht sofort zupacke und an ihren Zitzen sauge – dabei machte sie eine Bewegung, als hielte sie seinen Kopf in den Händen –, dann würde sie dafür sorgen, dass er von ihrem Vater bestraft werde für seinen Ungehorsam, und vielleicht würde er sogar seine Papiere zurückgeben müssen und statt ihm würde sie in die RFN reisen, was ohnehin besser wäre, weil sie nicht nur Russisch, sondern auch schon Deutsch lernte und er noch nicht mal wüsste, was Bleistift auf Deutsch hieße. Das stimmte zwar nicht, weil er abends heimlich Deutschunterricht erhielt, gemeinsam mit anderen Kindern, die auch zu ihren Eltern nach Deutschland fliehen wollten. Das durfte er aber niemandem erzählen. Also wusste er ihr nichts zu erwidern. Und ihre viel zu dicken Brüste (dabei war sie nur vier Jahre älter als er) waren noch nicht mal das größte Problem, das viel größere war die picklige Gänsehaut an ihren Oberarmen.

Als er gerade überlegte, wie er das Zimmer ohne großen Eklat verlassen könnte, ergriff sie seinen Kopf, zog ihn mit ihren stämmigen Armen wie einen Sack herunter und drückte ihn auf die Brüste, dass er zu ersticken drohte. Kaum aber hatte er ihre picklige Haut berührt, war ihm jedes erpresserische Argument ihrerseits, so plausibel es auch klingen mochte, egal. Nach einigen panischen Schlägen schaffte er es, sich loszureißen, und verließ fluchtartig das Zimmer.

Damit ist der erste offizielle Abschied vom polnischen Anhang vollzogen, dachte er. Die Babcia stand bereits in der Tür, um den letzten Bus nicht zu verpassen. Zumindest die gemeine Agata, das wusste er genau, würde er nicht vermissen.

»Ich will auch in die RFN«, rief Agata aus ihrem Zimmer. »Ich spreche viel besser Deutsch als er.«

»Mach erst deine Matheaufgaben, bevor du so einen Unsinn redest«, entgegnete ihre Mutter ganz richtig.

Als sie vor die Tür traten, war es bereits Nachmittag. Es herrschte immer noch tiefer Winter, ohne jedes Zeichen des Wandels.

»Statt auf dem Boden herumzukriechen, sollte er uns helfen«, sagte die Mutter, während sie hastig das Regal ausräumte. Alles musste raus, die Gläser, die übriggebliebenen Kristalle, die Papiere, die Bettwäsche, manche Sachen sortierte sie auf dem Teppich, alte Bonbons warf sie direkt in den Mülleimer.

»Am Ende hat sie sich nur noch von Süßigkeiten ernährt, obwohl ich ihr habe Essen bringen lassen.«

»Was sucht er überhaupt da unten«, fragte der Vater abfällig. Dann holte er den Kartoffelsack und einen Topf mit Wasser aus der Küche. Er breitete eine Zeitung auf dem Teppich aus und setzte sich auf das Sofa diesseits des Regals. Er schälte eine ganze Kartoffel in nur einem Zug, die geschlängelten Schalen dünner und exakter als meine zuvor. Kleine Kunstwerke, die er behutsam auf das Zeitungspapier gleiten ließ. Die gesäuberte Kartoffel, elliptisch, fast ohne Kanten, plumpste zufrieden ins kalte Wasser.

Er werde eine Kartoffelsuppe kochen. »Ich habe keinen Hunger«, sagte die Mutter sofort, wie angeekelt von der Idee, das Essen der Toten anzurühren. »Schau mal, was ich gefunden habe, ein Brief aus Deutschland.«

Sie überflog den Brief kurz, sagte beiläufig »das ist seiner« und legte ihn mit dem Kuvert auf den Stuhl wie einen Fressnapf durch den Schlitz für das wilde Tier.

Dann rüttelte sie heftig am Regal. »Es ist noch zu schwer, wir müssen die oberen Regalfächer leeren.«

Ich nahm den Brief zwischen die Zähne, legte ihn an der Wand ab, roch am Papier und las ihn, als hätte nicht ich, sondern jemand anders ihn geschrieben.

Mein Vater,

ich kann so nicht weitermachen. Das Medizinstudium, es war ein Fehler, aus dem ich keinen Ausweg mehr weiß. Durch die Medizin wollte ich die Wahrheit erfahren. Dabei besteht das Studium aus stumpfen Multiple-Choice-Tests, die alles Wissen falsch vorführen, wie unliebsame Gefangene am Pranger. Ich weiß nichts. Und was noch schlimmer ist, ich kann mich nicht äußern, nicht im Deutschen und schon gar nicht im Polnischen. Es ist unerträglich. Ich fühle mich so unwohl in meiner Haut, dumpf und benebelt von Äußerlichkeiten, deren Bedeutung ich nicht einzuschätzen gelernt habe. Letzte Woche versuchte ich das erste Mal zu schreiben. Ich wollte endlich Zeugnis davon ablegen, wer ich bin. Eine ganze Woche blickte ich von meinem Schreibtisch aus hinunter auf das geteilte Kapstadt. Links das Meer, rechts der Tafelberg, über den sich die Wolken legten wie ein Tischtuch. Doch die Kulissen der Teilung halfen nicht, im Gegenteil, ich wusste nicht, wo anfangen, was schreiben, wie das gehen sollte. Seitdem bin ich schwer niedergeschlagen. Das weiße Blatt will sich nicht füllen. Frustriert habe ich sogar angefangen, die Schneideflächen einer Schere zu beschreiben, die ich mir als Frauenschenkel vorstellte. Ich dachte, das könnte ein Anfang sein. Mehr Fruchtbares bekam ich eh nicht hin. Weißt du, was daraufhin passierte? Mein Ejakulat entleerte sich völlig spontan, ohne jedwede Erregung, ohne Erektion lief es aus mir heraus. Ich erschrak so sehr darüber, dass ich mir geschworen habe: Die Sache mit dem Schreiben ist nicht einfach, einem dunklen Abgrund gleich, in den ich nicht noch einmal hineinschauen will.

Mein Vater, ich bin dir so dankbar, dass du mir ermöglichst, Medizin zu studieren, dass ich hier sein darf in Südafrika und erleben, wie die Ungerechtigkeit der Apartheid sich zwar nur langsam, aber doch auflöst. Was zusammengehört, sollte nicht gespalten werden. Auch mir wird es bald besser gehen, das verspreche ich dir. Ich glaube fast übernatürlich daran, dass ich durch diese Erfahrung geheilt sein werde. Ab sofort werde ich nur noch Medizinbücher lesen, wie ich das früher immer gemacht habe und wie du es auch immer gemacht hast. Ich will ein sehr guter Arzt werden. Und sollte ich eines Tages wieder an dem Beruf zweifeln, weil das Verlangen nach einer schöpferischen Tätigkeit mich drängt, dieses Auslandsse-

mester wird mir eine Ermahnung sein, mich auf den Arztberuf zu beschränken, wie ihn die meisten Ärzte richtig verstehen: im Sinne einer Reparaturwerkstatt – besser ist dem Menschen nicht zu helfen!

Dein Sohn

»In unserer Hauptstadt haben sich hunderttausende versammelt, hörst du, wie sie unsere Hymne, wie sie die *Rota* singen.«

Babcia drehte den Fernseher laut auf, der Bass nahm das ganze Wohnzimmer in Beschlag. Es musste noch sehr früh am Morgen sein.

Der Deutsche wird uns nicht ins Gesicht spucken,
Nicht unsere Kinder germanisieren,
Auferstehen wird unsere bewaffnete Heerschar,
Der Geist wird uns anführen.
Wo das goldene Horn erklingt, dorthin brechen wir auf.
Dazu verhelf uns Gott der Herr!

»Mach den Fernseher leiser«, schrie Tochter-Mutter durchs Telefon gegen die Massen an und rüttelte ihn endgültig aus dem Schlaf. »Was ist denn in dich gefahren?«

»Was weiß ich, ich kann dir doch nicht in fünf Minuten erzählen, was hier bei uns los ist«, entgegnete die Babcia. »Überall Trauer und Proteste. Seit sie unseren mutigen Pater Popiełuszko entführt und totgeschlagen haben, fühlt sich niemand mehr sicher. Alle tragen ihre Augen hinten, damit nicht plötzlich ein Messer im Rücken steckt.«

»In Deutschland war davon nichts zu hören.«

»Popiełuszko war für die *Solidarność*, aber er liebte

alle Polen und predigte Versöhnung. Trotzdem hat das Russenschwein Breschnew ihn von polnischen Verrätern umbringen lassen, um uns gegeneinander aufzuhetzen.«

»Halt dich bitte fern von jeder Versammlung, nicht dass euch noch etwas passiert, so kurz vor der Ausreise.«

»1979, als der Papst zu Besuch in Polen war, haben noch Millionen auf den Straßen gebetet. Die größte Versammlung im Ostblock überhaupt, nur dadurch ist damals ein Attentat verhindert worden. Wir hatten Hoffnung, du warst ja da, mit deinem Sohn auf dem Arm. Erinnerst du dich?«

»Ja, natürlich, ich wäre fast erdrückt worden im Zug.«

»Keine zwei Jahre ist es her, als Breschnew unserem Papst diesen Türken auf den Hals gehetzt hat. Das war kurz vor der Ausrufung des Kriegsrechts. Allein die heilige Gottesmutter Maria hat ihn beschützt.«

»Ist das Geld angekommen?«, fragte die Tochter ungeduldig.

»Es interessiert dich nicht, was die Mutter von deinem alten Leben zu erzählen hat.«

»Ich habe mich nie für Politik interessiert, die da oben machen sowieso, was sie wollen.«

»Jetzt kommen sie gleich auf dem Friedhof an, ein Meer von Kreuzen und Siegeszeichen begleitet ihn. Ein würdiger Abschied. Das wird General Jaruzelski nicht gefallen. Es brodelt in diesem Land.«

»Wir sind gerade umgezogen. Ich stehe jeden Morgen um 3 Uhr auf und putze in einem Restaurant. Wenn ich um 5 Uhr nach Hause komme, geht Zbigniew auf den Großmarkt, Obstkisten schleppen, danach muss er sofort zum Zug nach Heidelberg. Er hat endlich einen Studienplatz bekommen. Und ich fahre durch die halbe Stadt mit dem Fahrrad in die Apotheke. Das geht alles nur, weil wir einen Kindergartenplatz bekommen haben. Zwar auf dem Gelände des Asylantenheims, aber besser als nichts. So sieht unser Leben aus. Wir ruhen uns nicht aus. Wir müssen Geld verdienen, sonst können wir die Miete nicht zahlen.«

»Wie weit ist es von Warschau nach Berlin, schätz mal.«

»Keine Ahnung. 2000 Kilometer vielleicht.«

»Es sind nur 550 Kilometer.«

»Was soll das? Ich bin zu müde für solche Rechenspiele.«

»Du weißt weder, was wir hier tun, noch was wir fühlen. Deine Heimat ist dir fremd geworden. Würdest du deinen Sohn überhaupt wiedererkennen, frage ich mich.«

»Bitte«, sagte die Tochter ganz leise. »Ist unser Geld angekommen?«

»Ja, sagte ich doch schon. Wenn es keine Demonstrationen mehr gibt und die Züge wieder fahren, sind wir übermorgen in Warschau. Visum holen, Tickets kaufen, dann können wir vielleicht sogar noch vor den Ferien los.«

»Verliert keine Zeit, nicht dass der Ubowca es sich anders überlegt und euch die Reisepässe wieder wegnimmt. Wir freuen uns schon sehr auf ihn, bitte richte ihm das aus, wir vermissen ihn.«

Mit einem tiefen Seufzer ließ sich die Babcia in den Sessel fallen und verfolgte aufmerksam, wie der Sarg des Paters in die Erde hinabgelassen wurde.

»Für unsere Freiheit ist er gestorben«, erklärte sie. »Denn kein Mensch lebt gern in einem Gefängnis.«

Wieder wurde die *Rota* gesungen, wieder drehte sie laut auf und summte mit.

»Was wirst du eines Tages über uns denken«, murmelte sie vor sich hin. »Wirst du Polen die Treue halten, wie deine Babcia, oder wirst du nichts mehr davon wissen wollen? Am Ende, wenn du weg bist, werde ich von allen verlassen einen einsamen Tod sterben. Das wird dann der Dank sein für meine Solidarität.«

»Du wirst uns immer besuchen in der RFN«, hörte er sich antworten, als wären es nicht seine eigenen Worte.

»Die Erde zieht alle Schmerzen aus den Knochen, sie vergibt und vergisst alles. Der Mensch aber sollte nie vergessen, aus welcher Muttererde er hervorgegangen ist.«

Die Babcia griff wieder zum Hörer, als wäre das Gespräch mit der Tochter nicht schon längst unterbrochen worden.

»Keine Sorge, deine Mutter ist weder verrückt noch schwach geworden, ich werde dir deinen Sohn bringen, wie versprochen«, sagte sie, legte auf und ging in die Garderobe. Er hörte, wie sie sich ihren Mantel anzog.

Moment einmal, dachte er, hier stimmt doch etwas nicht. Das Telefongespräch der Babcia mit den Eltern konnte unmöglich zu der Zeit gewesen sein, als das Begräbnis von Pater Popiełuszko im Fernsehen lief. Das Begräbnis war wenige Monate nach der Flucht der Eltern, und nun war es März 1985, kurz vor den Osterferien, in denen er sie in der RFN besuchen sollte.

»Du bist ja immer noch im Pyjama. Los, anziehen, Tee und Brote stehen auf dem Tisch. Vergiss nicht, die Tür abzuschließen. Und schau nicht zu lange in den Spiegel, sonst holt dich der Teufel.«

Die Tür knallte zu, und ihre Schritte galoppierten durch den Korridor davon. Der Kalender zeigte Mittwoch, den 20. März 1985, an. Der erste Todestag von Uropa Franciszek war am 27. März, die Babcia hatte es auf das Kalenderblatt geschrieben. In einer Woche würden sie gemeinsam auf den Friedhof gehen. Jedes Jahr kaufte die Babcia einen neuen Kalender, er hatte bisher immer die Wahrheit angezeigt. Das Begräbnis von Pater Popiełuszko musste eine Aufzeichnung vom letzten Jahr gewesen sein.

Montag und Dienstag hatte die Babcia ihn zur Schule gebracht und auch abgeholt. Vor ihrer Abreise sollte nichts mehr schiefgehen. Nur heute musste er allein gehen, mittwochs brauchte ihr Chef sie den ganzen Tag in der Chirurgie des Gesundheitszentrums, in dem sie als Sekretärin am Empfang arbeitete.

Weil die Babcia ihn die letzten zwei Tage so hin- und hergehetzt hatte, ging er auf dem Weg zur Schule besonders langsam, wie früher mit Uropa Franciszek. An dem noch geschlossenen Blumenladen, wo sie auf dem Rückweg immer rote Limonade getrunken hatten, blieb er sogar einen Moment stehen. Nur in der *ulica Kościuszko* lief er kurz schneller, als er an dem UB-Gebäude vorbeikam.

In der Schule gelang ihm die aufregendste Geschichte der Hofpause. Als er von seinen Ausreisepapieren und dem Herrn Ubowca zu erzählen anfing, kamen immer mehr Mitschüler dazu, auch Schüler, die er nicht kannte. Sogar seine Lehrerin wurde neugierig und stellte sich zu dem Pulk dazu, der nun nicht mehr zu übersehen war. Sie musste lachen, wie großzügig und in welch bunten Farben er die Volksrepublik Polen darzustellen in der Lage war. »Und das im Alter von acht Jahren«, sagte sie erstaunt. »Bravo, na bravo, hoch lebe unsere *PRL.*«

Dass er eigentlich nur versuchte, ungehemmt zu sagen, was ihm gerade durch den Kopf ging, und sich dabei den Herrn Ubowca zum Vorbild nahm, weil er niemals zuvor jemanden hatte so frei reden hören, das verriet er niemandem.

Wichtig sei für den Herrn Ubowca vor allem die Ausbildung der Kinder, jeder solle studieren, was er wolle, aber am besten sollen alle Arzt werden, erklärte er den gespannt Lauschenden, von denen keiner jemals zuvor einen Ubowca gesprochen hatte, geschweige denn von einem verhört worden war. Das Medizinstudium sei zwar für die Volksrepublik Polen sehr teuer, man könne es der Volksrepublik aber zurückzahlen, indem man als Arzt kranken Menschen aufrichtig helfe. Außerdem habe er mit den zugesandten Deutschmark seiner Eltern, fügte er schon ganz außer Atem an, für seine Babcia ein

Grundstück gekauft. Sie gehörten nämlich jetzt auch zu den rätselhaft privilegierten Leuten, die ein alleinstehendes Haus in der Stadt besitzen durften. Der großzügige Herr Ubowca habe das Geld seiner Eltern akzeptiert, als Entschädigung dafür, dass er hiergeblieben sei.

Als die Pausenglocke schon läutete, stellten sich auch ein paar ältere Pfadfinder in ihren grünen Uniformen dazu. So musste er unbedingt noch erzählen, wie er vor kurzem mit Onkel Radek, dem ersten Torwart der Fußballmannschaft von Radomsko, bei einem Auswärtsspiel in Liverpool gewesen sei und bereits probeweise den Mannschaftsbus gefahren habe, insofern sei es nur ein kleiner Schritt zum eigenen Führerschein, sagte er, sich um die Aufnahme bei den Pfadfindern bewerbend, die ihm die Babcia strengstens untersagte hatte. Einmal habe er sogar selbst kurz im Tor gestanden, weil Onkel Radek auf die Toilette gemusst habe.

»Wegen deiner Lügen haben alle wieder ihre Milch vergessen, so geht das nicht, du lenkst alle vom Lernen ab«, schimpfte die Lehrerin im Unterricht und stellte ihn den Rest der Stunde in die Ecke mit dem Rücken zur Klasse. Sie schien jetzt nicht mehr ganz so stolz zu sein. Dabei mochten viele die Milch ohnehin nicht, den Geruch nicht und die Haut nicht, und für die wenigen Becher Kakao kam man immer zu spät. Deswegen hatte er verbotenerweise einmal in die Zuckerschnecke eines Mitschülers reingebissen, weil er so einen großen Hunger hatte, fiel ihm jetzt mit dem Rücken zur Klasse wieder ein. Einen Tag später hatte er Mumps bekommen. So schlimm, dass er seinen Mund hatte nicht mehr aufmachen können, weder zum Reden noch zum Essen, worauf die Babcia ihm Angst gemacht hatte, dass er keine Frau finden würde, weil er keine Kinder würde bekommen können. Zumindest wusste er seitdem, dass Mumps einem sowohl die Sprache verschlagen wie auch die Hoden verschrumpeln lassen konnte, und beides wollte er vor der Abreise nicht noch einmal riskieren.

Erst auf dem Rückweg nach Hause fiel ihm ein, dass die Babcia ihm strengstens verboten hatte, mit den Papieren anzugeben. Sein schlechtes Gewissen quälte ihn, wie konnte er das nur vergessen. Er versuchte sich damit abzulenken, dass er nicht auf die Grenzlinien der quadratischen Gehwegplatten trat. Wenn er die Platten so nahm, dass sie in Laufrichtung wie ein Diamant auf der Spitze standen und nicht flach auf der Seite, dann passte sein Adidas-Schuh genau auf die Diagonale im Quadrat. Nur so ergab sich ein flüssiger, mittiger Gang ohne Übertritte, der die messerscharfen Gewissensbisse betäubte.

Von weitem sah er die Kreuzung auf sich zukommen. Sollte er die große *ulica Narutowicza* passieren, fragte er sich, um Uropa Franciszek heute schon auf dem Friedhof zu besuchen, oder wie vereinbart direkt ins Gesundheitszentrum gehen? Dort würde er mindestens bis 15 Uhr auf Babcia warten müssen, Patienten kommen und gehen sehen.

Da fiel ihm der wild zugewachsene Weg hinter dem Kino ein, die schnellste Verbindung in den Hof, wo sicher gleich Fußball gespielt würde. Diese Abkürzung hatte er bisher nur genommen, wenn er mit seiner Klasse zum Kommunionsunterricht musste und sie schon spät dran waren. Als er sich durch das verrostete Tor zwängte, fiel ihm an einem Gebäude ein rotes Fähnchen auf, das viel zu früh für die Parade des 1. Mai aufgehängt worden sein musste oder vielleicht vom letzten Jahr hängen geblieben war, als sie mit der Schulklasse feierlich durch die Stadt gezogen waren.

Das Tor sprang zurück und klemmte den Daumen seiner rechten Hand ein. Sofort stand der Nagel nach oben ab, wie ein weiß-rotes Segel im Wind. Er biss sich heftig auf die Lippen, konnte tatsächlich seine Tränen zurückhalten, war richtig stolz darauf, denn es tat höllisch weh. Dann wickelte er den Daumen in halbverfaulte Blätter ein. Nun führte kein Weg mehr am Gesundheitszentrum vorbei.

Auf der *ulica Berka Joselewicza,* benannt nach dem einzigen großen jüdischen Unabhängigkeitskämpfer für Polen, wie die Babcia sagte, ging er an den alten koscheren Schlächtereien und der abgerissenen Synagoge vorbei, wo die Juden die Babcia bei ihrer Kommunion am Zopf gezogen hätten, wie sie behauptete, und aus deren Trümmern nach dem Krieg die Oper in Katowice gebaut worden sei. Er ertappte sich dabei, wie auch er plötzlich die *Rota* summte. Als sich die Glastür des Gesundheitszentrums öffnete, stürzte die Babcia ihm sofort entgegen und zog ihn am Arm in ein Hinterzimmer.

»Was fällt dir ein!«, zischte sie ihm ins Ohr.

Die Lehrerin hatte sie angerufen und nicht nur über

seine Hofpausengeschichten informiert, sondern auch zu den Reisepässen beglückwünscht.

»Sie hat mich gewarnt, vorsichtiger mit unserem Glück umzugehen. Als ob ich es selbst nicht wüsste. Die muss ja jetzt sonst was denken von deiner Babcia. Warum kannst du nicht deine Klappe halten. Jetzt weiß es die ganze Stadt, dabei haben wir noch nicht mal unsere Visa bekommen, keine Flugtickets gekauft, keine Sachen gepackt …«

Dass sie aber auch immer so übertreiben musste. Er wusste sich nicht anders zu helfen, als ihr seinen Daumen hinzuhalten.

Das zeigte Wirkung. Die Babcia erschrak.

»Man kann dich einfach nie allein lassen, ohne dass du etwas anstellst, *matka boska*, Mutter Gottes, muss man dir den Finger jetzt abnehmen, bevor er sich infiziert?«

Nachdem ihr Chef, der Chirurg, den Verband angelegt hatte, saß die Babcia zusammengesunken auf dem Stuhl und starrte auf den Boden. Der Chirurg zwinkerte ihm zu: »Fliegen kannst du auch ohne Daumensegel, nur mit dem Schreiben wird es in den nächsten Tagen schwer. Und mach dir keine Gedanken, du warst nicht der Einzige, der seinen Mund nicht halten konnte«, sagte er in Richtung der Babcia, die sofort errötete.

Er verstand ihre Taktik nicht, wem sie was und warum erzählte und wann sie etwas verschwieg. Die Babcia, die Eltern, ja, alle taten immer, was sie wollten. Darum entschied er, ab jetzt auch immer nur das zu machen, wonach ihm war.

»Wo ist er?«

»Bestimmt hat er sich wieder hinter dem Schrank verkrochen.«

»Vor kurzem habe ich ihn noch auf dieser Seite gesehen. Aber bei ihm weiß man nie, manchmal huscht er nur schnell vorbei.«

»Er ist sich selbst der Nächste«, sagte der Vater und legte den Arm um die Mutter. Beide standen nun mit dem Rücken zu mir und blickten aus dem Fenster, unbewegt wie Statuen.

»Hast du das gemerkt?«, fragte die Mutter.

»Was meinst du?«

»Er hat mich angeschaut, als würde er mich hassen.« Ihre Stimme klang so durchdringend wie das Kratzen von Fingernägeln auf einer Tafel. Hastig ging sie zur Schublade mit den alten Papieren und Zeitschriften und leerte sie auf den Boden aus. Der Vater blieb ratlos am Fenster zurück.

Auf allen vieren krabbelte ich geschwind über den Teppich, versuchte seine Fransen nicht zu berühren, um keine Hinweise zu geben, dass ich das Wohnzimmer in Richtung Flur verließ. Obwohl ich gern für einen Moment in ihre Haut geschlüpft wäre, um zu erfahren, was wirklich in ihnen vorging, brauchte ich eine Pause. Mein

Arm schmerzte. Immerhin benötigte ich für jeden Buchstaben an der Wand bis zu eine Stunde. Dabei hielt ich mich an keine bestimmte Reihenfolge, sondern folgte eher den Abweichungen. Dadurch wusste ich zwar nicht mehr genau, wo der Anfang und was das Ende war. Aber wozu auch. Der Text war ja da wie das Gewebe eines Körpers. Und wie beim Sezieren die Aufgabe eines Anatoms darin besteht, sich behutsam entlang von Schwachstellen vorzuarbeiten, um die existierenden Bahnen und Strukturen freizulegen, ritzte auch ich an den Leerstellen entlang.

Der Junge an der Badezimmertür mit den bis zu den Kniekehlen heruntergelassenen Hosen pinkelte in den Nachttopf. Er kam mir so vertraut vor, als wäre ich es selbst, der dort oben auf einem Schild angebracht worden war. Der Lichtschalter klickte wie die Tür eines Playmobil-Autos. Erst jetzt bemerkte ich, dass er nicht aus Holz, sondern mit Tapete überklebt worden war. Und die Tapete imitierte nicht mal Holz, sondern Laminat. Eine doppelte Täuschung.

Obwohl ich wenig getrunken hatte, pinkelte ich lange. Ich zielte nicht auf das Loch, sondern ließ den Wasserstrahl gegen die Kante prallen, so dass der Urin auf den Sitz spritzte und darüber hinaus auf den Steinboden.

Über der Badewanne hing der mächtige Boiler, jederzeit bereit loszuröcheln. In der Badewanne lag eine Plastikschüssel, die die Tote zum Waschen benutzt haben musste, weil sie sich nicht mehr getraut hatte, allein über den rutschigen Badewannenrand zu steigen.

Als ich an dem schweren Keramikgriff der Spülkette zog, stürzte das Wasser herunter, peitschte über die Kante und riss alles mit in den Abgrund, tief in das Loch im Steinfußboden, das aber zu klein war für den Wasserfall. Eine Lache breitete sich unter der Toilettenschüssel aus, bis an den grauen und zotteligen Frotteeteppich heran. Das war seine Aufgabe seit jeher, dachte ich, sich alles einzuverleiben, was nicht in die Wanne oder die Toilette oder das Waschbecken gepasst hatte.

»Kommt er bald aus dem Bad heraus, wir wollen los.« Durch die Badezimmertür hörte ich, wie die Mutter hastig den aufgetürmten Papierstapel durchwühlte. Als hätte sie versehentlich etwas Wichtiges entsorgt.

»Ich kann nicht glauben, dass er nicht begreift, wie gut er es mit seinen Eltern hatte. Hör endlich auf, dich zu verstecken, und komm da raus!«, rief die Mutter in Richtung Badezimmer. »Ich hatte keinen Vater, hörst du, keinen Vater. Weißt du, was das bedeutet, ohne Vater aufzuwachsen. Meine Mutter, deine geliebte Großmutter, wollte ihm nicht nach Warschau folgen. Keine Ahnung, warum. Sie hat sich ihr Leben in ihrem wirren Kopf eben so zurechtgelegt. Mein Vater hatte eine große Familie, die in einer Siedlung bei Warschau lebte. Seine Mutter, eine alte Zigeunerin, sie stand dem damaligen Zigeunerkönig nah und liebte mich so sehr, dass sie ihrer Enkeltochter, mir allein, ein Grundstück vererbt hatte.«

»Mir allein« hatte sie betont, als wäre sie eine Teenagerin.

»Und was macht deine geliebte Großmutter – nichts!

Meine Mutter, die hat sich um nichts gekümmert. Große Klappe, große Dummheit, ansonsten hat sie nur an sich gedacht. An mich, ihre Tochter, hat sie jedenfalls nicht gedacht, dass ich meinen Vater vermissen könnte. Als wäre ich ihr lästig gewesen. Kannst du mich dahinten in deinem Loch hören? Ich war meiner Mutter lästig, einen Vater hatte ich keinen! Wäre mein Opi nicht gestorben, ich hätte Polen nie verlassen, niemals«, schrie sie und schlug dabei mit den Fäusten so fest auf den Boden, dass das Beben bis ins Bad zu spüren war.

»Meine Großeltern, liebe, einfache Leute, die haben alles für mich gemacht. Wie arme Zigeuner haben wir früher in den Holzschuppen im Hof gehaust. Fast vier Generationen in einem Zimmer, ohne Toilette, ohne Heizung. Bis mein Opa uns diese Wohnung hier besorgt hat, haben wir wie die Tiere im Stall gelebt. Meine geliebte Mutter dagegen hat sich nur auf Parteitagen herumgetrieben, und weil sie die Ausschweifungen nicht vertragen hat, hat sie am nächsten Morgen epileptische Anfälle bekommen, und Opi musste sie irgendwo einsammeln. Einmal hat er sie gerade noch rechtzeitig von den Bahngleisen geholt, glitschig und zappelnd wie ein frisch gefangener Fisch. Immerhin musste sie sich mal auf die Zunge beißen, wenn sie einen Anfall hatte. Ich kann mich nicht erinnern, dass ich jemals etwas empfunden hätte für diese Frau. Nur aus Pflichtgefühl habe ich in den letzten Jahren für sie bezahlt. Wach auf und hör endlich auf, dich zu verkriechen, sonst endest du so einsam wie deine Babcia.«

Ihre Tirade hatte aufgehört, ganz plötzlich, wie ein

Sommergewitter. Durch das Schlüsselloch versuchte ich herauszufinden, warum es im Wohnzimmer so gespenstisch still war. Ich sah, dass die Mutter kniete und ihren Kopf in die Papiere versenkt hatte. Ihr Körper zitterte seltsam. Sollte sie weinen, so wären es ganz stillen Tränen, dachte ich. Der Vater beugte sie zu ihr hinunter, streichelte ihr über den Rücken und reichte ihr ein Taschentuch. Jetzt konnte ich sicher sein, dass ihr nichts fehlte. Sie weinte tatsächlich nur.

Immer noch kniend, wandte sie sich nun viel gefasster an den Vater:

»Er soll mitnehmen, was er braucht, sonst schmeiße ich alles weg. Ich wäre wirklich froh gewesen, diese Wohnung nicht nochmal betreten zu müssen. Ich halte es kaum noch aus, hier zu sein, lasst uns bitte beeilen. All das alte Zeug hier, nur Schrott hat sie behalten.«

»Zur deutschen Botschaft.«

»Sagen Sie nicht, Sie wollen sich mit dem Jungen für ein Visum anstellen.«

»Warum nicht?«

»Die Schlange ist so lang, da können Sie sich gleich hier am Bahnhof anstellen. Was ist los mit dem Jungen, er wirkt so abwesend?«

»Er träumt viel, hörst du, wach auf, der Herr Taxifahrer spricht mit dir«, rüttelte die Babcia an ihm. Dabei hatte er gar nicht geträumt, sondern war seit der Ankunft am Warschauer Bahnhof nur überwältigt von den vielen Menschen.

»Seit Tagen übernachten die Leute im Park, um morgens die Ersten zu sein. Jaruzelski hat den Bogen endgültig überspannt. Angeblich lockert Österreich bald seine Grenzen für Polen. Alle wollen gehen, die Volksrepublik ist am Ende«, sagte der Taxifahrer.

Anzug, Krawatte, kleiner Bart unter der Nase, ehe er losfuhr, kämmte er sich die grauen Haare mit einem kleinen Taschenkamm nach hinten. Der Mann erinnerte ihn an Uropa Franciszek. Allerdings musste er zugeben, dass ihn viele Menschen an Uropa Franciszek erinnerten, wenn sie alt und freundlich waren.

»Das letzte Mal war ich in Warschau, das war Anfang der 50er Jahre. Die Stadt war eine einzige Ruine. Überall wurden Ziegel gesammelt«, sagte die Babcia, während sie seltsam unruhig aus dem Fenster schaute. Sie schien nach etwas zu suchen, fast so, als würde von irgendwoher eine Gefahr drohen.

»Die Ziegel wurden gebraucht, tonnenweise, um dieses großzügige Geschenk Stalins an uns dumme Polen erbauen zu lassen«, erklärte der Taxifahrer und deutete auf ein riesiges Gebäude mit einem Turm, das mit seiner Spitze weit in den tiefblauen Himmel ragte.

»Der Stalinpalast, das hässlichste Denkmal Warschaus. Dabei hatte Stalin auf der anderen Seite der Weichsel schön abgewartet, bis die irren Deutschen die Stadt niedergebrannt hatten.«

Eine ganze Weile fuhren sie an dem Gebäude vorbei, ehe sie nach rechts einbogen, in eine Straße, die so breit war, wie er es noch nie gesehen hatte.

»Wie diese Stadt brannte«, sagte die Babcia, »bis zu uns nach Radomsko konnte man die Rauschschwaden sehen. Der ganze Himmel hatte sich rot gefärbt.«

Ihre Unruhe schien sich zu steigern. Sie trat mit den Beinen auf der Stelle, als würde sie davonrennen wollen. Auch ihr Blick wirkte irgendwie anders als sonst.

»Deinen Onkel Jakub haben sie mit all den anderen Verwundeten bei uns zu Hause versorgt, weil es für sie in den umliegenden Dörfern keinen Platz mehr gab.«

»Die Deutschen wollten nicht nur den Aufstand zerschlagen. Sie wollten eine Wüste aus der Stadt machen. Am Ende sah es bei uns aus wie bei den Arabern. Immerhin haben wir über zwei Monate Widerstand geleistet, während Hitler und Stalin von wenigen Tagen ausgegangen waren. Das muss du dir gut merken, mein Junge«, drehte der Taxifahrer sich nach hinten um, »und es allen Deutschen erzählen. Zwei Monate bin ich durch die Kanalisation in der Scheiße geschwommen, damit die Deutschen die Stadt nicht ohne Gegenwehr kriegen. Dafür schulden die uns was. Wären wir nicht so standhaft gewesen, wäre Stalin noch viel früher in Berlin angekommen. Dann hätte er aus ganz Deutschland eine Stasi-Behörde gemacht.«

Der Taxifahrer deutete auf den Anhänger an seinem Rückspiegel.

»Sehen Sie, mein Abzeichen der Heimatarmee, über Jahrzehnte war es verboten, heute ist es mir egal, sollen sie mich doch verhaften. Die Russen haben uns nichts mehr zu sagen, sonst gibt es Bürgerkrieg.«

Der Taxifahrer bog in eine kleine Seitenstraße ein, in der die Gehwege völlig überfüllt waren. Immer mehr Menschen strömten aus einem Park wie aus einem großen grünen Zelt.

»Der *Łazienki Park,* der schönste Park in ganz Europa. Chopin hat sein Herz an ihn verloren. Sie müssen dem Jungen unbedingt die Pfauen zeigen. Wie sie überall herumspazieren mit ihren Augenfedern, als wären sie die Hüter des Parks.«

Die Babcia reagierte nicht, sie saß neben ihm und schien doch ganz weit weg.

Der Taxifahrer bremste auf Schrittgeschwindigkeit herunter, so tumultartig ging es zu. Je näher sie dem Botschaftsgebäude kamen, desto mehr wurde die Straße von den Wartenden okkupiert. Kinder spielten Fußball, warfen sich Papierflugzeuge über die Straße zu.

»Sind Sie sicher, dass Sie sich das antun wollen«, drehte der Taxifahrer sich nach hinten um und deutete an, sie herauslassen zu wollen.

»Fahren Sie uns direkt zum Eingang des Botschaftsgebäudes«, platzte es aus der Babcia heraus. Sie wirkte jetzt richtig gereizt.

Der Taxifahrer fuhr langsam weiter. Immer wieder klopften Leute verärgert auf das Dach.

»Eigentlich habe ich kein Verständnis für diese Menschen«, sagte er. »Die Deutschen wollten uns versklaven, und jetzt stehen die Polen Schlange, um sich germanisieren zu lassen. Das will mir nicht in den Kopf. Nur weil wir nicht genug vom Konsum abbekommen. Sie wissen, wie wir alle gehungert haben im Krieg. Heißt das, dass wir deswegen heute jeden Tag Fleisch fressen und Mercedes fahren müssen? Das ist doch lächerlich. Wir sollten uns alle in der *Solidarność* zusammentun, Jaruzelski und die Bolschewiki endlich aus dem Land jagen. Berlin können wir später noch besetzen«, lachte er etwas bemüht. Sie waren mittlerweile vor dem Eingang der Botschaft angekommen.

»Lassen Sie uns in Ruhe mit Ihrem Gerede von der *Solidarność,* uns fehlt es an Butter und an Milch. Was kostet die Fahrt?«

»Elf Złoty fünfzig.«

»Was?«, rief die Babcia empört.

»Wir sind hier in der Hauptstadt und nicht in Radomsko, geehrte Frau. Seien Sie froh, dass Sie überhaupt ein Taxi bekommen haben.«

Der Eingang zum Botschaftsgelände war wie eine Mündung, an der mehrere Flussarme zusammentrafen und gefährliche Strudel bildeten. Es gab zwei Schlangen, eine, um die Visa-Antragspapiere zu bekommen, und die andere, um sie abzugeben. Schnellen Schrittes, so dass er kaum nachkam, lief die Babcia an beiden Schlangen vorbei und tat so, als würde sie das alles nichts angehen. Dann stellten sie sich vorne, etwas abseits vom Toreingang, an, um nicht gleich aufzufallen. Sofort gab es Rufe und Pfiffe.

»Halte deinen bandagierten Daumen schön nach oben«, flüsterte sie ihm ins Ohr. Als die Pfiffe nicht aufhörten, riss sie selbst seinen Arm in die Höhe und sagte: »Sehen Sie nicht, dass Sie dem Jungen Angst machen, Sie sollten sich schämen.«

»Gnädige Frau, wir haben auch Kinder«, rief eine Frau.

»Ja, aber ich bin ganz allein, eine Großmutter mit ihrem Enkelsohn, also mäßigen Sie Ihr Mundwerk. Das kann doch nicht sein, dass man so behandelt wird.«

Die Babcia hatte in den Kampfmodus geschaltet und würde sich nicht so schnell verdrängen lassen. Eine Zeitlang wurden sie noch misstrauisch beäugt. Nach einer Weile aber hatten sie ihren Platz sicher.

»Am Ende dauert es für uns alle gleich lang«, sagte eine ältere Frau. Mit ihrem Blumentuch auf dem Kopf und den zerfurchten Händen erinnerte sie ihn an Frau

Kaczyński, die Bäuerin, die früher auf ihn aufgepasst hatte, wenn seine Mutter in der Apotheke zu tun hatte.

»Was machen Sie hier, in Ihrem Alter?«, fragte die Babcia.

»Ich stehe schon seit gestern an, für meine Tochter.«

»Die ganze Nacht?«

»Ja, ja, die ganze Nacht.«

»Sie müssen gefroren haben.«

»Ich habe schon oft gefroren im Leben, das ist nicht so schlimm. Wir hatten einen Gasbrenner, Kaffee und Tee, haben eine Suppe gemacht, wie in alten Zeiten. Meine Tochter, die hat keinen Mut für solche Sachen, denkt, sie würde gleich verhaftet, wenn sie sich hier anstellt.«

Bis zum Eingang waren es vielleicht fünf Meter. Seit Stunden bewegte sich die Schlange aber keinen Zentimeter weiter. Seine Beine fingen zu schmerzen an, während sich die Leute am Eingang gegenseitig anrempelten, um hineingelassen zu werden. Immer wieder kam eine Mitarbeiterin heraus und sagte mit deutschem Akzent durch die Gitterstäbe des Tores: »Gehen Sie nach Hause, heute macht es keinen Sinn mehr, morgen auch nicht, wirklich, wir haben keine Antragspapiere mehr, kommen Sie nächsten Monat wieder.«

Alle standen entsetzt da oder blickten ernüchtert auf den Boden. Und dann taten sie so, als hätte es diese Ansage nicht gegeben. Jemand fing an, ein Lied zu singen, in der Ferne, weit hinter ihnen.

»Der Arme«, sagte die Babcia und summte mit.

Dann kam es plötzlich, ohne erkennbaren Grund, zu

einer Verschiebung, wie Felsplatten, die bei einem Erdbeben kurzzeitig in Bewegung gerieten. Ein älterer Junge wurde in seine Nähe geschoben. Er drückte farbig glänzende Papiere an seine Brust.

»Das ist der Antrag«, sagte der Junge. »Den muss man ausfüllen und sich dann an der längeren Schlange anstellen, die sich um die erste gebildet hat. Die dahinten.«

Der Junge machte kreisförmige Bewegungen über seinem Kopf, als wollte er einen Turban zeichnen. Es war wohl so, dass die Leute ohne Antrag die Leute mit Antrag blockierten, so dass auch sie nicht in das Gebäude gelangten und am Ende niemand die begehrten Visa-Aufkleber bekam.

»Die ganze Stadt steht hier. Zwei gegenläufige Schlangen, wie wenn sich die Zahnräder bei uns in der Fabrik verhaken«, sagte der Junge und bot ihm ein Donald-Duck-Kaugummi an.

Plötzlich schoben sich dunkle Gewitterwolken vor die Sonne, es war warm, heiß fast, viel zu hohe Temperaturen für die Jahreszeit. Die Babcia schaute entrückt in den Himmel, wie vorher im Taxi, als würde sie eine Gefahr wittern. Sie summte nicht mehr, sondern gab seltsam hohe Geräusche von sich und kratzte sich zwischen den Beinen. Er spürte, wie ihm die Hitze ins Gesicht stieg. So kannte er seine Babcia nicht.

»Der Herrgott hat uns eine Wolke geschickt, wenn uns die Deutschen schon kein Wasser geben bei dieser Hitze«, sagte die ältere Frau, die etwas nach hinten gespült worden war.

»Ja … so schön … sehen Sie … da oben, sehen Sie

das …, wie rot der Himmel … «, sagte die Babcia stockend. Sie schien ganz beglückt, doch dann brach sie mitten im Satz ab, als dürfte sie nicht weitersprechen.

Da spürte er, wie der Händedruck seiner Babcia nachließ, während sie mit der anderen Hand in Richtung Himmel nach etwas zu greifen schien. Das merkwürdig hohe Geräusch war in ein heiseres, schweres Schnaufen gekippt, wie ein schwer verletztes Tier. Dann taumelte sie und fiel auf die Vorderleute, so dass auch er fast gestürzt wäre, wenn er nicht ihre Hand rechtzeitig losgelassen hätte. Vor ihrem Mund bildete sich weißer Schaum, die Zunge hing schlaff heraus. Ihre Augen waren glanzlos und finster wie die Gewitterwolken über ihren Köpfen.

»Ein epileptischer Anfall«, rief die ältere Frau, während andere einen Kreis um sie bildeten oder sich angeekelt wegdrehten. »Schnell, wir brauchen einen Arzt.«

Es bildete sich eine Gasse. Zwei deutsche Polizisten trugen die Babcia in das Botschaftsgebäude hinein, wo bereits ein Arzt auf sie wartete. Endlich waren sie drin.

Es klopfte an der Tür. Frau Herman humpelte durch den Flur.

»Sie können alles mitnehmen, was auf dem Boden liegt«, sagte die Mutter, ohne sie anzuschauen. Sie musste sie an ihrem Gang erkannt haben. »Auch die beiden Sofas brauchen wir nicht.«

»Gut«, antwortete Frau Herman und drehte auf der Schwelle zum Wohnzimmer wieder um, als hätte die Mutter sie wie eine lästige Bedienstete verscheucht.

Der Vater lief im Wohnzimmer auf und ab, prüfte in der Küche, ob die Kartoffeln fertig waren, legte Kohle nach im Ofen, verschob die gusseisernen Ringe wieder, ein Hin und Her, als wäre er auf Patrouille. In mittlerer Höhe zogen bedächtig Nebelschwaden vorbei. Durch das Fenster einfallende Lichtkegel stellten sie als Staubinseln bloß, die sich aus dem herabfallenden Putz gelöst hatten. Buchstaben waren darin nicht zu erkennen.

»Das Polen der Vorkriegszeit gibt es nicht mehr«, sagte der Vater, als er das Zeugnis der Toten von meinem Stuhl nahm, wobei er das Hochzeitsbuch, das ich ihnen eigens wieder besorgt hatte, ignorierte. »Es wurde komplett ausgelöscht. Aber auch in Deutschland sind wir nicht zu Hause. Überall auf der Welt gibt es Menschen wie uns, für die es keinen richtigen Ort gibt. Aber wir haben uns. Wir haben alles für die Familie getan. Er kann uns nichts vorwerfen.«

»Es ist alles deine Schuld. Du hast ihn zu sehr verwöhnt«, sagte die Mutter, steckte ein Foto in die Hosentasche, als dürfte der Vater es nicht bemerken, und stieg auf das Sofa, um die großen Rahmen abzuhängen.

»Die Bilder von Opi und Omi nehme ich mit, die dürfen wir nicht vergessen. Die goldenen Rahmen hat meine Mutter aus einem verlassenen Herrenhaus mitgenommen, die sind sehr schön und wertvoll. Und die alten Fotos aus Frankreich. Alles andere sollen die Nachbarn haben.«

»1981, bei der Ausrufung des Kriegsrechts, habe ich nicht demonstriert. Ich bin an den Panzern vorbeigegangen, um für mein Examen zu lernen. Aber er soll doch mal fragen, was ich 1976 gemacht habe, als du schwanger mit ihm warst und ich Soldat. Da sind wir aus Protest in den Kasernen geblieben und haben nicht wie befohlen auf die Demonstranten geschossen. Der hat doch nichts erlebt, dieser Besserwisser.«

»Deine Kartoffeln kochen über. Und schau nach, wo sich dein Sohn versteckt hält. Es ist wirklich eine Schande. Selbst in Polen schämt er sich für seine Eltern. Hörst du?«

»Ich höre dich gut«, antwortete ich.

»Dein Vater hatte immer ein schlechtes Gewissen, weil wir dich zurückgelassen haben«, rief sie noch etwas lauter.

»Auf der halben Welt durfte er studieren, ist Arzt geworden, und nun kriecht er auf dem Boden im Staub herum«, ergänzte der Vater und lief hastig in die Küche.

Ich muss mich beeilen, dachte ich, wahrscheinlich werden sie mir nicht mehr genug Zeit dafür geben, mir alle Buchstaben an der Wand einzuprägen.

Hand in Hand hatten sie die deutsche Botschaft verlassen und sich wie echte Sieger einen Weg durch die Menschenmassen gebahnt, die Ausreisepapiere wie glänzende Pokale in ihren Händen. Es kam ihm so vor, als hätte der Botschaftsbesuch vor langer Zeit schon stattgefunden. An einem heißen Sommertag, an dem die Babcia noch ein junges Mädchen war und die Hauptstadt noch ganz in Trümmern lag. Eine Wüste aus Ruinen bis ans Ende des Horizonts. Als wären sie sich wie versprengte Überlebende beim Versteckenspielen hinter verwaisten Häuserfronten begegnet, Kriegskinder voll überschwänglicher Neugierde darauf, wie Panzer von innen aussahen und wie man ein Funkgerät aus einer abgestürzten Messerschmitt ausbaute, um damit Kontakt nach Berlin aufzunehmen.

Jedenfalls konnte er sich jetzt sicher sein, dass Babcias epileptischer Anfall vor dem Botschaftsgebäude keine Simulation gewesen ist. Es war ein Beben, das sie an einen Ort gebracht hat, der ab jetzt nicht nur der Babcia, sondern auch ihm nicht mehr fremd war, dachte er völlig erschöpft, als er am Morgen nach der Rückkehr aus Warschau von den gurrenden Tauben geweckt wurde.

»*O Matka Boska, co to jest?* Oh, Mutter Gottes, was ist das? Taste mal!« Die Babcia ergriff seine rechte Hand.

»Das ist doch ein Tumor, spürst du das? Der kommt sicher von deinem Ellbogen, den du mir immer da reinrammst. Ich habe dir schon so oft gesagt, dass du dich zu viel bewegst in der Nacht.«

Er spürte eine Kugel an der Unterseite ihrer linken Brust, ohne zu wissen, was es zu bedeuten hatte. Nie zuvor hatte er ihre große Brust angefasst, also hatte er keinen Vergleich, wie es vorher war.

Der für nächsten Freitag geplante Abflug nach Frankfurt, RFN, wurde dennoch abgesagt. Dazu wurde er allerdings nicht befragt. Stattdessen versuchte die Babcia verzweifelt, eine Bleibe für ihn zu finden – für die Zeit ihres Krankenhausaufenthaltes.

Auch Marta und Agata wurden gebeten, ihn aufzunehmen. Zu seiner Erleichterung sagten sie ab. Genauso wie Onkel Euzebuisz, der noch immer auf seine 100 000 Złoty für den Anhänger wartete, mit dem die Eltern in die RFN gefahren waren. Und leider auch Onkel Radek, dessen Tochter ein Jahr jünger war als er und mit der er neuerdings am Wochenende polnische Partisanen spielte, die von den Deutschen inhaftiert werden. Wegen seiner Eltern und um zu üben für die RFN durfte er immer den bösen Deutschen spielen, der sie fesselte und abführte.

Als er am Montag aus der Schule kam, saß die Babcia im Wohnzimmer auf dem Teppich und weinte. »Ein UB-Beamter war vorhin hier. Unsere Papiere sind wieder eingezogen worden.« Ihre Stimme klang wie aus dem Lautsprecher auf dem Bahnhof. Dann wurde die Ansage unterbrochen, und er vernahm nur noch ein unverständliches Stottern: »Dudududu mumumumusst in ein Waaaaaiseeeeenheim.«

»Nun schau mich nicht so vorwurfsvoll an«, sagte sie schließlich. »Ich weiß nicht, was ich sonst machen soll. Wir sind ganz allein auf der Welt. Ich kann dich doch nicht ins Krankenhaus mitnehmen. Und was wird aus dir, wenn ich bei der Operation versterbe?«

Er setzte sich auf das Sofa, ließ seinen Schulranzen den Rücken hinuntergleiten und schaute auf die Babcia, die, zur Statue erstarrt, den Kopf unter ihren Armen verbarg und mit dem Teppich zu verschmelzen schien.

Draußen war es kalt, Schnee lag in der Luft, dabei hatte doch gerade erst der Frühling begonnen, er hatte die Beichte hinter sich gebracht, die Kommunion gefeiert, die Reisepässe bereit in der Schublade, Tickets und Visa besorgt, er dachte, es wäre nur noch eine Frage von Tagen, bis er das erste Mal in ein Flugzeug steigen würde. Doch konnte das sein, die Kommunion fand eigentlich erst nach Ostern statt, dieses Jahr jedoch wollten sie vor Ostern schon in die RFN abgeflogen sein. Das passte nicht zusammen. Das Kalenderblatt zeigte noch immer den 20. März 1985.

Zum ersten Mal fühlte er sich fremd in dem Wohnzimmer, fast so, als könne es nicht sein wahres Zuhause sein. Es kam ihm so vor, als hätte er seit der Ausreise der Eltern nur auf dem Sofa gesessen und gewartet. Er hatte sogar einen Moment lang den Eindruck, weit in seine Zukunft geschaut zu haben, wie sie an ihm vorbeizog und zur Vergangenheit wurde. Vielleicht waren die Jahreszeiten deswegen durcheinander und sogar gleichgültig geworden, weil er selbst in Lichtgeschwindigkeit bis ans Ende des Universums und wieder zurück auf das Sofa gereist war.

Eltern und ihr Sohn gehörten heute schon der Vergangenheit an und würden nie wieder Eltern und Sohn sein. Selbst wenn sie eines Tages wieder vereint sein sollten, würde es nicht von Bedeutung sein, ob die Sonne dabei scheint oder die Blätter von den Bäumen fallen. Seine Familie war für alle zukünftigen Zeiten seines Universums vergangen.

»Zum Teufel!«, schimpfte die Babcia den Teppich aus. »Hätte mein Vater damals bloß nicht auf meine Mutter gehört, dann wären sie in Frankreich geblieben und ich hätte mich hier nicht als junges Mädchen von den Juden an den Haaren ziehen lassen müssen. Wir armen Polen, womit haben wir das verdient. Aber so ist das, wenn Väter das Ruder ihren Frauen überlassen. Die Strafe Gottes folgt immer dann, wenn man sie am wenigsten braucht!«

Mit dem Zeigefinger schrieb sie die Namen weiterer Angehöriger in den Teppich hinein, derentwegen ihre Eltern 1936 aus Frankreich zurück nach Radomsko gezogen waren und die ihn doch nun wohl für ein paar Tage aufnehmen konnten: Großtanten, Großonkel, irgendwelche Cousins und Cousinen verschiedenen Grades, Okkupationsüberlebende, Überlebende des Warschauer Aufstandes, ihr Onkel aus Vilnius, der Medizin studiert und gegen die Russen gekämpft hatte und nun, wie die Babcia selbst zugab, etwas zu alt und krank war. Seine Tochter aber, die für die Rechte der Frau kämpfte und keine eigenen Kinder hatte, die sei durchaus geeignet und auch intelligent genug. Oder der berühmte Maler Jerzy, der kürzlich eine Audienz beim Papst Johannes Paul II. hatte, und ja doch, Onkel Olek, der der Deportation durch die Deutschen in Białystok entkommen und als Vierzehnjähriger zu Fuß von der weißrussischen Grenze bis nach Radomsko gelaufen war, während seine ganze Familie in Treblinka verendete.

»Wie er damals bei uns ankam, mit all den Flöhen und Läusen, völlig ausgemergelt.«

Heute lebe er in einem schönen Haus mit Garten außerhalb von Radomsko. Seine Frau sei als Professorin für polnische Geschichte aber sehr beschäftigt.

Plötzlich sprang die Babcia auf und drehte sich um die eigene Achse. »Sie alle wollen mich zwingen, dich in ein Waisenheim zu geben. Das werde ich aber nicht zulassen.«

Und dann drehte sie sich schneller und schneller, er glaubte fast, sie würde sich in den Boden schrauben oder abheben oder aber das Gleichgewicht verlieren, schlimm stürzen und sich den Kopf am Fernseher anhauen. Sie blieb aber drehsicher wie ein frisch aufgezogener Kreisel und fragte bei jeder neuen Umdrehung nach, ob es genug Vorräte gäbe im Kühlschrank. Das Wichtigste sei, genug Vorräte zu haben, vor allem Kartoffeln und Weißbrot, denn vom Schwarzbrot habe sie im Krieg genug gehabt.

In dem Augenblick, in dem die Babcia gerade ausdrehte und wieder auf den Teppich plumpste, klopfte es an der Tür. Ein junger Mann, der sich als Adam vorstellte, betrat das Wohnzimmer. Er war ungewöhnlich gut gelaunt, irgendwie sportlich und als Herr zugleich gekleidet.

»Guten Tag, Frau Słowiańska. Sie müssen nichts erklären, ich weiß, wie Sie leiden. Und du, mein Lieber, pack deine Sachen, wir fahren nach Schlesien in die Berge.«

Die Babcia sprang vom Teppich auf. Sie schien ihn wohl nicht so schnell oder überhaupt nicht erwartet zu haben.

»Sie sind tatsächlich gekommen, den ganzen Weg, was für ein Glück, keine Sekunde zu früh, morgen muss ich ins Krankenhaus.«

»Seine Eltern haben gestern Abend bei mir angerufen, dann habe ich mich gleich ins Auto gesetzt. Früher konnte ich wirklich nicht«, sagte er, ohne seine gute Laune zu verlieren. Jetzt erinnerte er sich wieder an ihn, das war der Pate seiner Schwester, der letztes Weihnachten, als die Eltern noch da waren, Gitarre gespielt hatte. Er sprach so, als würde er immer etwas Fröhliches auf der Gitarre spielen.

»Ich studiere Medizin, wie dein Vater«, schaute der Mann jetzt zu ihm herüber. »Da dein Vater nicht mehr da ist, bei dem ich immer abschreiben konnte, muss ich jetzt selbst lernen. Es ist eine Qual, das sage ich dir. Wenn du dich einmal entscheiden solltest, Medizin zu studieren, lass es lieber sein«, lachte er laut auf. So ein Lachen, das sich über die eigenen Sätze lustig machte, kannte er nicht. Dabei strich Adam ihm über den Kopf, wie Onkel Radek, wenn er den Ball hinter dem Tor geholt hatte.

»Der Vater von Adam ist der Chef der ganzen UB von Schlesien«, sagte die Babcia.

»Du brauchst aber keine Angst vor ihm zu haben, im Gegenteil, bei dem kann dir nichts passieren. Alle anderen haben Angst vor ihm, sogar ich«, lachte Adam wieder. »Er hat versprochen, sich gut um dich zu kümmern, und mein Vater hält immer sein Wort. Selbst als man ihm einmal den Finger abhackte, hat er es nicht gebrochen.«

»So ist die Kriegsgeneration«, sagte die Babcia. »Mein Vater war auch so, zwei Kriege haben ihm die Faxen ausgetrieben, wie er immer sagte.«

»Mein Vater ist gerade etwas mürrisch. Meine Mutter ist ihm vor kurzem nach Deutschland abgehauen. Du bist also nicht das einzige verlassene Kind Polens, mein Lieber. Ihr könnt euch vorstellen, was das für einen Chef der UB bedeutet. Das ist einfach Mist für seine Karriere.« Noch immer grinste Adam über das ganze Gesicht.

»Welch eine seltsame Wendung das Schicksal für uns vorgesehen hat, mein Sohn«, sagte die Babcia. »Nun kommst du doch noch bei der UB unter.«

Mit dem *Polski Fiat*, Knirps genannt, fuhren sie stundenlang in Richtung Süden. Er unterhielt sich mit Adam, wie er es von Erwachsenen nicht kannte, als wären sie gute Freunde oder aus der gleichen Klasse. Nur dass Adam zwischendurch englische Lieder sang, was sonst niemand in seiner Umgebung tat. Bis er schließlich einschlief. Das lag aber an den vielen Schlaglöchern.

Gegen Abend kamen sie in einer sehr dunklen Stadt an, die Luft roch schwer nach Kohle.

»Willkommen in der Heimat der Bergleute, die mit den schönsten schwarzen Uniformen Polens.«

Vor einem freistehenden Haus mit einem kleinen Grundstück und einem großen Feld dahinter hielten sie an. Ein großer, stämmiger Mann erwartete sie an der Tür, hinter seinem Bein versteckte sich ein blondes Mädchen wie hinter einer alten Eiche.

Adam hatte ihn gewarnt. Sein Vater redete tatsächlich nicht viel und sah schlecht gelaunt aus. Seine Tochter verbot ihm gleich nach der Ankunft, ihr Zimmer zu betreten.

»Unter der Woche wirst du allein sein müssen, bis Tosia aus der Schule kommt. Dann könnt ihr spielen«, waren die ersten Worte der Eiche. Daraufhin holte der Ubowca einen Eimer Wasser und schüttete ihn vor der Tür im Garten aus. In seinen Pranken wirkte der Eimer wie Spielzeug. »Bei diesem Kälteeinbruch ist das morgen früh Eis. Dann kannst du die Schlittschuhe von Tosia nehmen und üben.«

Adam gab seiner jüngeren Schwester einen Kuss und umarmte ihn fest: »Alles Gute, mein Lieber, sobald ich die verdammten Prüfungen bestanden habe, komme ich dich besuchen. Aber da bist du wahrscheinlich längst wieder zu Hause.«

Dann drehte Adam sich um und ging zurück zum Auto. Von seinem Vater verabschiedete er sich nicht.

Er konnte nicht einschlafen, stundenlang schaute er die Holzbalken unter dem Dach an, wo sein Bett stand. Die Bettdecke hatte er bis weit über sein Gesicht gezogen, draußen herrschte frostige Stille.

Als er am Morgen aufwachte, war das Haus leer. Frühstück stand auf den Tisch, ganz anders als bei der Babcia gab es keine Wurst, keinen Tee, kein Feuer im Küchenofen, sondern Müsli mit Milch, warmen Kakao und zwei weich gekochte Eier eingewickelt in ein Tuch. Alles wirkte sehr aufgeräumt.

Nach dem Frühstück ging er nach draußen, zog die Schlittschuhe an und übte, wie es der Ubowca vorgeschlagen hatte.

Die Schlittschuhe von Tosia drückten an den Zehen, er stocherte auf der gefrorenen Pfütze hin und her, ein Gleichgewicht wollte sich nicht einstellen. Sein Atem gefror, und vor seiner Nase bildeten sich Eiskristalle. Es war so kalt, dass sein Körper eine Spur aus gefrorenem Dunst hinter sich herzog, als hätte sein Schatten es gewagt, sich aufzurichten und ihm flüsternd zu folgen.

So vergingen die Tage, alle gleich, ohne dass er zu jemandem wirklich Kontakt hatte. Er übte täglich, bis ihm die Zehen wehtaten, bis es später, dunkler Nachmittag wurde. Ins Dorf traute er sich alleine nicht. Stattdessen ritzte er jeden Tag eine Kerbe in die Holzbalken des Dachgeschosses, um nicht den Überblick über die immer gleich verstreichende Zeit zu verlieren. Es waren bereits sieben Tage vergangen, ohne einen Anruf, ohne ein Lebenszeichen von der Babcia. Das Schlittschuhlaufen aber wollte ihm nicht gelingen, als ob etwas in ihm es ablehnte, in eine Gleitbewegung zu kommen.

»Du lernst es nie!«, riss Tosia am Sonntag das Fenster ihres Zimmers auf und zeigte mit dem Finger auf ihn.

»Weil mir die Schuhe zu klein sind«, verteidigte er sich. »Auch die Pfütze ist zu klein. Wir müssten über den Zaun klettern und auf das gefrorene Feld und zum See hinausgehen, aber das traust du dich sowieso nicht.«

»Hört sofort auf zu streiten!«, unterbrach sie der Chef-Ubowca. »Wir gehen jetzt in die Kirche.«

Es klang wie eine militärische Anweisung, der Vater und Tochter mit gutem Beispiel vorangingen, während er sich zurückfallen ließ. So konnte Tosia es nicht wagen, seine Hand zu nehmen.

Wie jeden Abend nach dem Essen, bei dem nicht gesprochen wurde und er nur manchmal böse Blicke mit Tosia austauschte, saß er auf der Treppe zu seinem Dachzimmer und spielte mit dem Revolver des Ubowca, während dieser wie ein großer Stein vor dem Fernseher lag.

Unruhig wanderte sein Blick hin und her zwischen dem großen fremden Mann auf dem Sofa und der Trommel, die er immer schneller drehte. Sein Herz fing heftig zu schlagen an, das Beben spürte er bis in den hintersten Winkel seines Körpers, ein seltsam unerklärliches Unwohlsein breitete sich aus wie ein strömendes Gas. Sein Atem stockte. Die Treppe begann sich zu drehen, wurde zu einer Wendeltreppe, die den Boden durchstieß und tief unter die Erde führte, an ihrem Ende nur ein finsteres Loch, das alles in sich aufsog, hineinsog, bis nichts übrigbleiben würde, weder er noch sonst etwas, nur noch Leere, überall nichts, als wäre er nicht da, als würde er sich auflösen, als würde er schon bald nicht mehr existieren.

Das Einzige, was ihm lebendig vorkam, war der Revolver, so als wäre er ein besonderes Geschöpf, das ihm der Herrgott geschickt hatte, um ihn zu sich zu holen. Ein Schlüssel zum Himmel, den er nur umdrehen musste.

Wie lange er in diesem unerträglichen Zustand auf der Treppe verbrachte hatte, hin- und herschwankend zwischen dem Koloss auf dem Sofa und dem Revolver, auf ein Zeichen Gottes wartend, das ihn erlöste, das konnte er nicht sagen.

Plötzlich aber durchfuhr ihn ein Ruck.

»Ich habe keine Lust mehr, mit dem Revolver zu spielen«, rief er. »Der Abzug ist ohnehin zu schwer für mich.«

Er warf den Revolver in die Ecke des Wohnzimmers, wo der schlafende UB-Mann lag, lief nach draußen, ohne sich etwas anzuziehen, und rutschte auf Hausschuhen auf der Pfütze hin und her. Es machte viel mehr Spaß als auf den geborgten Kufen.

Dann hörte er jemanden seinen Namen rufen. Eine Kinderstimme. Sie kam aus der Dunkelheit, die bereits schwer auf das gefrorene Feld drückte.

Die Pforte im Zaun stand einen Spaltbreit geöffnet. Es musste jemand aus der Geborgenheit des warmen Hauses hindurchgegangen sein, dachte er laut, als würde er seine Gedanken an der Pforte selbst ablesen. Er bemerkte, dass er immer noch etwas neben sich stand. Als er am verrosteten Gitter zog, brannte es sich in seine Haut hinein. Es wollte nicht nachgeben. Er zog fester, bis der Spalt breit genug war, um sich hindurchzuzwängen.

Vorsichtig setzte er seine Schritte auf die zerfurchte Erde. Nebelschwaden zogen tief über den Boden wie Kolonnen von Gefangenen. Im Nebel erkannte er die Umrisse eines Keilers mit enormen Gewehren. Fauchend und knurrend bewegte er sich auf ihn zu. Auf einmal, seltsam niedergeschlagen, fast schuldbewusst, drehte er ab und verschwand für immer in der Dunkelheit, ohne Hoffnung auf Vergebung.

Je weiter er sich auf das weiße Feld hinauswagte, desto mehr Wesen schien die Nacht in sich zu tragen, desto mehr tierische Klänge von komischen Gemütsverfassungen konnte er wahrnehmen, ohne sie zuordnen zu können. Nicht der klarste Stern am Himmel, keine Jahreszeit konnte dieses Dickicht an Leben durchdringen. Die Stimme aber, sie rief seinen Namen immer deutlicher. »Anhelli, Anhelli, hierher, Anhelli.«

Bis er schließlich vor einem tiefen Loch stand, das für den daneben liegenden Strommasten ausgehoben worden war. Kleine weiße Händchen versuchten etwas zu greifen, rutschten aber an der gefrorenen Erde ab. Ein blonder Lockenkopf leuchtete in der Tiefe.

»Hol mich raus, bitte, hol mich raus«, rief der Lockenkopf.

Er fragte sich, ob er nicht einem bösen Traum erlegen war und ob da unten nicht sogar der Teufel selbst, der nur das Antlitz eines kleinen Mädchens angenommen hatte, ihn in die Tiefe zu locken versuchte. Wenn er nur schnell genug zurückliefe, würde er in der Wirklichkeit erwachen, hoffte er.

Aber die Stimme rief immer lauter. »Hol mich raus,

bitte, geh nicht fort, ab jetzt darfst du in meinem Zimmer spielen, ich werde meinem Vater sagen, dass du mein bester Freund bist, mein Vater ist sehr einflussreich, er kann dir helfen, zu deinen Eltern auszureisen, du hast große Sehnsucht nach deinen Eltern, hat er mir erzählt, das stimmt doch, oder?«, rief die Stimme immer verzweifelter. »Komm zurück, bitte, lass mich nicht hier, ich sterbe, wenn du mir nicht hilfst.«

Er kam mit einem dicken Stock zurück und zog sie heraus.

Am Tag nach Tosias Rettung, als er gerade dabei war, seinem Holzbalken einen weiteren Strich anzuvertrauen, stand plötzlich der Ubowca hinter ihm.

»Was machst du da oben auf der Leiter?«, fragte der Ubowca.

»Ich zähle die Tage, die ich bei Ihnen verbracht habe«, antwortete er.

»Und dazu musst du auf die Leiter steigen? Na, mach wie du denkst, Hauptsache, du fällst nicht herunter.«

Er hätte erwartet, dass er wegen dem angeritzten Balken bestraft oder sogar hinausgeworfen werden würde. Stattdessen nahm ihn der Ubowca wie ein Riese mit einer Hand von der Leiter herunter, drückte ihn fest an sich und fing an zu weinen. Er hörte gar nicht mehr auf, eine Ewigkeit weinte er in sein Hemd hinein, so dass ihm die riesengroßen Tränen den Rücken hinunterliefen.

In den nächsten Tagen kam er vom Dachboden kaum mehr herunter, ritzte von morgens bis abends, bis er das Messer nicht mehr halten konnte. Je mehr Zeit verging ohne eine Nachricht von der Babcia oder einen Anruf von den Eltern, desto mehr versuchte er, die Zeit und alles andere, was in ihm und um ihn herum passierte, in den Balken und in der Wand einzuprägen, wie einen Schatz, den später jemand finden sollte. Wenn er von nun an allein leben musste, so wollte er wenigstens überall, wo er einmal gewesen sein würde, eine Spur hinterlassen. Er würde sich eine eigene Wirklichkeit erschaffen.

Von dem Augenblick in der Grube an war alles anders. Tosia kam manchmal sogar hoch zu ihm und sagte, dass sie sich über seine Schnitzerei sehr freue, es erinnere sie an die vielen Mäuse, die auf dem Dachboden lebten, als ihre Mutter noch da war. Sie fragte, ob er nicht vor dem Abendessen in ihrem Zimmer mit ihr spielen wolle. Sie war die Mäusekönigin und er die kluge Ratte, die den ganzen Mäusehof zu befehligen hatte. Es war gar nicht schlecht, dennoch war er froh, als der Ubowca zum Abendessen rief. »Wenn du willst, kannst du auch *böser Ubowca* zu mir sagen, so nennst du mich doch insgeheim sowieso, oder?«, stellte Herr Gabriel, wie er eigentlich hieß, lächelnd fest.

»Als meine Frau noch da war, war ich der Koch zu Hause. Das hättest du nicht gedacht, dass ein mächtiger Mann wie ich so ein feiner Koch sein kann.«

Seit der Rettung seiner Tochter kochte er jeden Abend etwas Neues für sie. Es schmeckte noch besser als bei der Babcia, die aber auch eine miserable Köchin war, wie seine Mutter stets gesagt hatte. Und es ging auch lustiger am Tisch zu als bei der Babcia, die in letzter Zeit immer die gleichen Heldengeschichten von der *Solidarność* erzählt hatte, während der Ubowca aufzählte, wie viele er schon verhaftet hatte und was für Gauner das waren.

Am Tag des zwanzigsten Strichs klingelte das Telefon. Oder vielleicht waren es schon dreißig oder vierzig, oder vielleicht viele, unzählige mehr. Die Striche waren zwischen all den Buchstaben, Stichworten und Sätzen mittlerweile schwer aufzufinden.

»Dein Vater ist dran«, rief der Ubowca.

Es war noch vor Sonnenaufgang, er torkelte verschlafen die Treppe hinunter in den Flur. Der Ubowca drückte ihm den Hörer ans Ohr, da fing er an, völlig ungezügelt draufloszureden:

»Am Anfang war ich immer allein, jetzt spiele ich mit Tosia, außerdem lässt mich Herr Gabriel mit seiner Waffe spielen, wenn er Fernsehen schaut. Ich darf sogar zum Spaß *Ubowca* zu ihm sagen. Er ist nicht mehr so traurig. Am Anfang hat er gar nicht gesprochen, er sagt, ich hätte ihm die Laune verbessert. Nachts hört er wie Uropa Franciszek *Radio Freies Europa*, obwohl er das nicht darf, hat er mir verraten, aber seine Frau möchte, dass er zu ihr nach Deutschland kommt. Er will aber nicht. Tosia will nach Deutschland, obwohl alle Deutschen die Polen hassen, sagt sie, mit Ausnahme der Schlesier, stimmt das denn? Tosia sagt, alle Polen mögen die Deutschen, die Schlesier aber ganz besonders. Sie hat einen Tintenkiller und einen Füller, so wie die Deutschen, während die armen Polen wie ich mit Kugelschreiber schreiben müssen. Eigentlich seien die Schlesier immer deutsch gewesen, und die Polen hätten ihnen Schlesien weggenommen. Sie spricht etwas komisch, ich verstehe sie nicht immer, die schlesische Sprache sei eine deutsche Sprache und keine polnische, meint Tosia, ich weiß nicht, was ich glauben soll. Als die Babcia noch da war, hat sie immer gesagt, den Schlesiern könne man nicht trauen, die Schlesier seien Deutsche, ist Schlesien nun deutsch oder polnisch? Tosia sagt, ihr Vater stamme aus einer deutschen Familie, während ihre Mutter aus einer polnisch-litauischen Familie komme und von Stalin übergesiedelt worden sei. Sie frage sich, warum ihr Vater als Deutscher nicht zurück nach Deutschland wolle, während ihre Mutter als Polin nach Deutschland geflohen sei. Herr Gabriel sagt, dass er lieber der bessere Deutsche in Polen sei als der schlechtere Pole in Deutschland. Tosia versteht das auch nicht. Und du, verstehst du das?«

Der Vater hatte sich niemals zuvor so viel Zeit am Telefon für ihn genommen. Er konnte aber seine Antwort nicht abwarten, da die Worte in ihm nach oben drängten wie aus einer sprudelnden Quelle:

»Vielleicht will er auch einfach nicht in eine neue Mannschaft wechseln. Wenn man sich in einem Verein wohlfühlt, hat Platini gesagt, dann soll man da bleiben. Deswegen bleibt der Ubowca in Polen wie Platini bei Juventus, denke ich. Er hat zu mir gesagt, dass Platini ein Künstler sei, die Deutschen aber Handwerker seien, sehr erfolgreiche Handwerker. Während die Polen mit Boniek irgendwo dazwischen stünden. Manchmal könnten die Polen sogar ähnlich gute Handwerker wie die Deutschen sein, aber weil ihnen Instrumente fehlten, wären sie gezwungen, Künstler zu sein wie Platini. Man könne nur ein guter Künstler sein, wenn man durch die Lebensumstände dazu gezwungen werde, sagt der Ubowca, deswegen habe er seinen Sohn gezwungen, Medizin zu studieren. Du hast mir erzählt, dass dein Vater dir verboten hat, Medizin zu studieren, warum?«

Bevor der Vater auf seine Frage antworten konnte, stand der Ubowca neben ihm und verlangte den Telefonhörer.

»Ihr Junge hat meiner Tochter das Leben gerettet. Es ist wirklich ein Wunder.« Seine Stimme klang tränenerstickt. »Sie brauchen sich keine Sorgen zu machen. Ihr Sohn weiß jetzt schon mehr als viele Erwachsene, nämlich dass das wahre Glück nicht nur im privaten Erfolg, sondern im Allgemeinwohl liegt. Er hat wahres Herzblut. Vielleicht haben Sie ihm sogar einen Gefallen getan, indem Sie ohne ihn gegangen sind, so konnte er diese Gabe in der Sehnsucht nach den Eltern ganz zur Entfaltung bringen. Ihr Junge hat einen Plan, er sieht Dinge, die andere nicht sehen, er horcht weit in die Welt hinein, so hat er meine Tochter draußen in einem Loch gefunden und dabei auch mich aus meinem Loch herausgezogen, in das ich mich seit dem Verschwinden meiner Frau verkrochen hatte. Ich weiß jetzt, dass wir mit dem Westen nicht konkurrieren können. Im Gegenteil, wir müssen sogar ganz am Boden liegen, um zu erkennen, dass wir ihn nur lieben, solange wir ihn nicht wirklich kennen. Jeder von uns kennt die Hoffnung auf Rettung. Aber am Ende kann keine Zukunft golden sein für den Menschen außer in der Heimat, die immer die Kultur und die Sprache ist. Die Idee eines polnischen Staates aufrechtzuerhalten war einfacher, als dieser noch nicht existierte und es noch darum ging, sich gegen die Unterdrückung der polnischen Seele zu richten. Heute gilt es, gegen das falsche Versprechen von Bananen, Reisefreiheit und schicken Autos zu kämpfen. Wir müssen am Sozialismus festhalten, weil er ein Scheitern des Konsums ist. Verzeihen Sie, dass ich so überschwänglich spreche. Meine Frau fordert ihre Tochter auf nachzukommen. Ich weiß noch nicht, was ich mit Tosia machen werde, aber ich weiß, dass Ihr Sohn meiner Tochter das Leben gerettet hat. Ich hatte meine Tochter gefragt, warum sie um Himmels willen in der Dunkelheit aufs Feld gegangen ist. Sie hat das nie zuvor gemacht. Wissen Sie, was sie gesagt hat. Sie habe ihre Mutter sehr vermisst und plötzlich den Eindruck gehabt, als höre sie irgendwo draußen auf dem zugefrorenen See ihre Stimme.«

Wieder drehte sich der Ubowca weg, um seine Tränen zu unterdrücken.

»Werden Sie ihm mit den Papieren helfen?«, hörte er den Vater aus dem Hörer fragen.

Der Ubowca gab ihm den Telefonhörer zurück, ohne zu antworten.

DER VATER LÖFFELTE die Kartoffelsuppe. Die Mutter saß unruhig auf dem Sofa und schaute ihm dabei zu.

»Er ist so weit weg von uns«, sagte sie.

»Wir haben jeden Kontakt zu ihm verloren«, stimmte er ihr zu.

»Warum setzt er sich nicht zu uns? Das ist doch nicht normal. Jetzt komm endlich raus von dahinten. Du stehst in der Ecke, als hättest du etwas ausgefressen«, rief die Mutter.

»Warum sagst du nicht auch mal was?«

»Es ist seine Entscheidung, sich zu verkriechen.«

»Weißt du noch, wie er früher immer gesagt hat, dass man als Pole nicht weiter weg flüchten könne als nach Deutschland? Die USA oder Australien seien ein Katzensprung dagegen.«

Wahrscheinlich meinte sie Sofia, die Patin meiner Schwester, die zusammen mit ihnen Polen verlassen hatte, dann aber nicht in Deutschland geblieben war: »Sozialleistungen schön und gut, aber diese deutsche Enge, nein danke!«, hatte sie gesagt und war mit ihrem Mann Kris weiter in die USA gereist. Oder sie meinte die Tote, die die deutsche Sprache nicht hatte ertragen können, wenn sie zu Besuch kam, und niemals allein das Haus verließ, aus alter Angst vor den Deutschen.

Ich konnte mich jedenfalls nicht daran erinnern, diesen Satz gesagt zu haben.

»Er will nicht mit uns reden.« Die Mutter stand auf und lief das Wohnzimmer an den Rändern des Teppichs ab. Ich beobachtete ihre Schritte genau, ob sie auf die Fransen treten würde. Und tatsächlich, sie geriet aus dem Gleichgewicht.

»Die 80er in Polen waren doch absolut trostlos. Nachdem das Kriegsrecht verhängt worden war, gab es keine Hoffnung auf Besserung. Das alles musste er dank uns nicht erleben. Die Menschen verschwendeten ihre besten Jahre. Man konnte nur ausreisen, und Deutschland war wenigstens nah«, sagte der Vater, während er weiter an seiner Suppe löffelte.

Was hätte es für einen Unterschied gemacht, wenn wir in die ferneren USA ausgereist wären, fragte ich mich. Selbst nach der Öffnung der Grenzen dauerte es noch Jahre, bis wir Polen besuchten.

Mutter stand jetzt in der Nähe der Kommode, genau dort, wo ihre Mutter auch immer gestanden hatte, wenn sie telefonierte.

Ich musste an einen meiner Besuche bei den Eltern in Karlsruhe denken. Der Vater telefonierte mit der Toten, auf Lautsprecher gestellt, während die Mutter neben dem Hörer saß, eine Zigarette rauchte und wie ein Schwamm jedes Wort der Toten aufzusaugen schien. Hatte ich ähnlich neben dem Hörer gesessen, als die Babcia damals mit der Mutter telefonierte? Eine Ewigkeit kann in einem Augenblick stecken, dachte ich, wie das ganze Meer in einem Tropfen Wasser.

»Oh Gott, weißt du, was mir plötzlich einfällt«, schrie sie auf, ähnlich panisch wie die Tote früher.

»Was ist denn los?« Der Vater hielt inne mit der Suppe.

»Als sie damals ins Krankenhaus musste, da wollte ich zurück. Du aber hast gesagt, jetzt haben wir es so weit gebracht, jetzt ziehen wir das auch durch. Weißt du noch, wir haben sehr viel gestritten darüber.«

Der Vater löffelte weiter. Aber nicht wie vorher. Jetzt wirkte es so, als wolle er Zeit gewinnen. Ich war mir sicher, dass er überlegte, was er antworten sollte.

»Ich wollte Polen eigentlich gar nicht verlassen. Das war deine Idee«, sagte er schließlich.

»Was willst du jetzt von mir? Willst du mir etwa Vorwürfe machen wie dein verwöhnter Sohn? Du hast mitgemacht, also war es auch deine Entscheidung, ihn zurückzulassen.«

Misstrauisch blickte die Mutter den Vater an, wie eine Katze, die ihr Revier verteidigte.

»Wir konnten nicht mehr zurück«, sagte der Vater seltsam versonnen, als würde er ein Selbstgespräch führen. »Hätten wir nach all den Schwierigkeiten mit dem Asyl Deutschland wieder verlassen sollen? Nein, nicht mit mir. Wenn ich etwas anfange, ziehe ich es auch durch.«

»Drei Wochen ist er damals allein gewesen. Vielleicht hat ihm Adams Vater etwas angetan und deswegen ist er so seltsam geworden?«

»Was soll er ihm angetan haben?«

»Woher soll ich das wissen. Im Kommunismus ging man anders mit Kindern um, wir kannten diesen Mann ja nicht. Er wollte nicht, dass wir anrufen. Auch später haben wir ihn nie kennengelernt.«

»Was hätten wir denn sonst machen sollen. Keiner wollte ihn aufnehmen.«

»Er erinnert sich an nichts. Kannst du dir das vorstellen, er erinnert sich an kein einziges unserer Telefonate. Das ganze Jahr ist ausgelöscht.«

»Er hat vielleicht alles Schwierige verdrängt, das ist doch nichts Schlechtes. Einzelne Erinnerungen wird er haben. Man vergisst nie alles.«

»Hast du vergessen, wie viele Fragen er uns früher gestellt hat. Er hatte nur Erinnerungen von vor der Ausreise und von danach, als wir in Deutschland wieder vereint waren. Oder belügt er uns da wieder?«

»Dass er meine Kreditkarte geklaut hatte, um sich eine Golfausrüstung zu kaufen, das hat er sicher vergessen. Wir haben alles für die Bildung der Kinder gemacht. Für uns war die Ausreise purer Stress. In Polen wäre ich längst Professor geworden.«

»Es war doch nur ein Jahr. Warum ist es so wichtig für ihn?«

»Es sind so viele ausgereist, Millionen, da gibt es sicher viele Bücher, in denen er nachlesen kann. Oder er spricht mit den Leuten, die heute über das Mittelmeer flüchten müssen. Da kann er sich etwas abschauen. Wir haben ihm etwas zugetraut, ihn herausgefordert, ja, das stimmt. Und, hat es ihm geschadet?«

Die Mutter kam von der anderen Ecke des Zimmers diagonal zum Kachelofen, wo auch ich stand. Ich spürte das Beben ihrer Schritte, drehte mich aber nicht um. Sie kam mir so nah, dass ihr Atem an meinem Hinterkopf vorbeiwehte wie eine warme Brise.

»Du wolltest überhaupt nicht lernen, als du nach der 2. Klasse nach Deutschland kamst, du hast Deutsch völlig abgelehnt. Wir dachten schon, wir müssten dich wieder nach Polen zurückschicken. Wahrscheinlich warst du eifersüchtig auf deine jüngere Schwester, die von uns am besten Deutsch sprach. Jeden Tag musste ich dich zwingen, ein deutsches Buch zu lesen, die unbekannten Vokabeln herauszuschreiben und auswendig zu lernen. Ich habe diese Kämpfe mit dir gehasst. Und dann ganz plötzlich, nach einem Jahr, wurdest du zu einem richtigen Antreiber. Polnisch sprechen war verboten. Du hast uns wegen jedem kleinen Fehler tyrannisiert und dich geradezu geschämt für unser schlechtes Deutsch. Ich weiß noch, wie du eines Abends ganz aufgedreht von der Geburtstagsfeier von deinem Freund Stefan nach Hause gekommen bist. Wie du von dem Haus erzählt hast, von den vielen Stockwerken mit einer Treppe mitten im Wohnzimmer und kleinen Türen in den Wänden für die schmutzige Wäsche, die so direkt in der Waschmaschine im Keller landete. Du warst wie verwandelt. Als wärest du aus dem Paradies wiedergekommen. Stefans Vater hatte dich mit seinem langen Mercedes nach Hause gefahren. Du hast dich aber eine Ecke früher absetzen lassen, damit er unseren einfachen Wohnblock nicht sehen konnte. Erinnerst du dich daran auch nicht mehr?«

Eigentlich hätte ich jetzt gestehen müssen, dass ich mich gut daran erinnern konnte. Ich war ja auch derjenige, der ihr von diesem Ausflug in die Oberschicht erzählt hatte.

»Danach hat er jedes Weihnachten bei Stefan verbracht«, fügte die Mutter hinzu. »Er war wirklich ein anderer Mensch geworden, wollte nicht mehr mit uns in den Urlaub fahren, verbrachte Ski- und Sommerferien mit ihnen. Nur noch Stefan und seine Familie interessierten ihn.« Sie war den Tränen nah.

Es wurde ganz still im Wohnzimmer, alles schien wie festgefroren. Der Vater löffelte keine Suppe mehr, die Mutter hatte aufgehört zu atmen. Sie hatten es geschafft, dachte ich, nun sah es tatsächlich so aus, als wäre ich derjenige, der die Familie kaputt gemacht hatte.

»Siehst du«, unterbrach der Vater nach einer Weile die Stille, »das habe ich mir schon immer gedacht. Wenn wir diejenigen sind, die Antworten wollen, dann kommt nichts von ihm. Schuld sind immer die anderen, das ist so durchschaubar. Er ist doch der Globalisierungsgewinner, nicht wir. Studium in den USA, Afrika, ich weiß nicht wie viele Freisemester. Wir waren nur die Pioniere, die erste Generation, die ihre eigene kleine Geschichte schreiben durfte, ohne dass die große Geschichte uns gleich erschlagen oder ins Gesicht gespuckt hat. Er soll etwas aus diesem Neubeginn machen, anstatt so zu tun, als wäre alles selbstverständlich. Und jetzt lass mich meine Suppe essen. Dann können wir durchfahren und müssen nicht mehr zum Essen halten.«

»Vielleicht will er mit uns an die Küste fahren? Er hat aber sein Auto noch unten stehen.«

»Den Schrottkarren kann er hierlassen.«

»Das Haus würde ihm gefallen, es liegt am Meer, Danzig ist nicht weit, eine große Stadt mit viel Kultur, Theatern, Kinos, dort kann er sich ablenken von seinen langweiligen Eltern. Außerdem war das Haus sehr teuer. Früher mochte er teure Sachen, heute läuft er in Lumpen herum.«

Ich legte mich auf den Teppich und schaute zur Decke, die mir so hoch vorkam, als hätte ich das Gewölbe einer Kathedrale über mir. Um an die letzten Buchstaben heranzukommen, würde ich eine Leiter benötigen.

Unser Geschichtslehrer Herr Waldemar fiel mir ein, wie der alte 68er vorgeschlagen hatte, eine Ausstellung zu organisieren zum Thema Rassengesetze. Wir sollten in den Archiven der Stadt suchen, was unsere Großeltern zu der Zeit gemacht hatten, als die Juden in den Straßenbahnen hinten sitzen mussten, um das arische Blut rein zu halten.

Ich dachte an den Großvater von Josephine, der ursprünglich aus Schlesien kam und als Soldat in der 4. Division auf dem Weg an die Ostfront an Radomsko vorbeigezogen war. Oder daran, wie Steffi erzählt hatte, dass ihre Eltern eine Nazifahne und *Mein Kampf* auf dem Dachboden gefunden hatten, nachdem ihr liebster Großvater verstorben war. Aber erst jetzt fällt mir auf, dass bei diesen Geschichten der Mitschüler nichts rauskommt, vielleicht nichts rauskommen durfte in einem humanistischen Gymnasium in den 90ern in Karlsruhe. Der Vater des Anwalts war vor dem Krieg schon Anwalt gewesen. Der Vater des Hautarztes vor dem Krieg schon Hautarzt. Die Mutter der Lehrerin auch vor dem Krieg schon Lehrerin. An diesen Lebensläufen hatten die Rassengesetze rein gar nichts geändert.

Ich aber stand damals nur an der Pinnwand unserer Ausstellung im Prinz-Max-Palais, was früher einmal das erste Bundesverfassungsgericht der BRD gewesen war, und durfte sie mit diesen völlig nichtssagenden Geschichten bekleben. Weder hat mich jemand nach meiner Geschichte befragt, noch hätte ich etwas zu den verschwundenen Juden Radomskos sagen können. Dabei war es mein persönlichster Schmerz, das Verschwinden der Nachbarn, der jüdischen Kultur in Polen, es ist ein Desaster, es hat das Land verwüstet, für hunderte von Jahren, für immer. Nicht nur die Natur, auch Gesellschaften, Sprachen, Menschen, Kulturen, ja sie können verschwinden und kommen nicht wieder. Vielleicht ist es ähnlich mit den Beziehungen in einem selbst, mit der Liebe, sie kann verschwinden und nie wiederkommen, aber so lange die Menschen noch leben, sagt man, gäbe es eine Chance auf Versöhnung.

Auf einmal wurde ich unruhig, als hätte sich ein Tier in meinem Bauch eingesperrt. Und übel wurde mir. Gleich würde ich mich übergeben. Ich stand auf und lief durch das Zimmer, während der Vater der Mutter die dreckigen Spitzenvorhänge vorsichtig hinunterreichte, um keinen Staub aufzuwirbeln. Ich hatte plötzlich den Eindruck, alles zu verstehen.

Die Eltern hatten ihren Sohn in Polen zurückgelassen,

um ausreisen zu können. Nachdem man ihm erlaubte, ihnen nachzufahren, hielten sie ihn in Deutschland mit einer gelegentlichen Kinderüberraschung bei Laune und versuchten, all das alte Zeug zu entsorgen, samt der polnischen Sprache, damit er keine unbequemen Fragen stellte. Während er sich fortan nur noch Markus nannte, arbeiteten sie sich wund für einen Mercedes. Der neue Mercedes war ihr eigentliches Ziel. In den USA wäre es sofort aufgefallen, dass sie den Sohn geopfert hatten für ein Reihenhaus und ein paar Leasingautos, die sie sich in Polen nicht glaubten erarbeiten zu können. Erst die Flucht in das Land der Täter machte diese Sache komplex genug, um ihn mit Zweifeln und Schuldgefühlen kaltzustellen. Doch die Schuldgefühle sollten hinter dem glänzenden deutschen Blech verblassen. Das war die Geschichte des undankbaren Sohnes, eine Geschichte, die ich nur noch hätte abschreiben brauchen, um mir eines Tages selbst einen neuen Mercedes zur Entschädigung zu gönnen.

Stattdessen das Röcheln des Boilers, das Knarren des Korridors, das Gurren der Tauben, das Beben der Waggons. Die gusseisernen Ringe am Ofen, der Hund mit dem wütenden Eiterpickel im Ohr. Der unheimliche Spiegel im Flur. Draußen die schwarze Erde, immer wieder diese schwarze dampfende Erde und immer so weiter. Das Gefühl, die Wohnung der Babcia als Kind einmal gesehen zu haben. Der Rest ist erfunden.

»NACH DEM START werden wir eine lange Ostkurve fliegen. Alle polnischen Flugzeuge müssen erst in Richtung Osten winken, bevor sie in Richtung Westen abdrehen dürfen«, sagte der Pilot fröhlich.

Die Babcia klammerte sich fest an ihn. Er hingegen war neugierig auf seinen ersten Flug.

»Sind das alles polnische Kinder, die allein zu ihren Eltern fliegen?«

»Ja, Sie sind die einzige erwachsene Passagierin, Frau Słowiańska«, antwortete die Stewardess, die sie zu ihren Plätzen begleitet hatte.

»Da war der Herr Ubowca aber großzügig, dass er so viele hat nach Deutschland ziehen lassen.«

»Für die meisten geht es von Frankfurt aus weiter in die USA, nach Kanada, Australien. Und für dich«, fragte ihn die Stewardess, »wie geht es für dich weiter?«

»Wir bleiben bei seinen Eltern in Deutschland«, antwortete die Babcia, bevor er über die Frage hatte nachdenken können.

Er war sich aber ohnehin nicht sicher, ob er wirklich der Junge war, der da gerade in den fernen Westen flog. Vom Hof und seinen Bewohnern hatte er sich verabschiedet, darin war er sich sicher, doch es kam ihm plötzlich so vor, als hätte der Abschied vor langer Zeit stattgefunden, damals, als er noch jemand anders war und nicht derjenige, der jetzt im Flugzeug saß. Weder der Junge im Flugzeug noch der Junge aus der Vergangenheit schienen wirklich greifbar. Und als welcher von beiden würde er im Westen ankommen? Oder würde er sich vor der Landung nochmal verändern?

Er fasste an seine Arme. Die Haut fühlte sich an wie hauchdünnes Pergamentpapier, das jederzeit zerbröseln konnte.

Während sich die Stewardess eine Atemmaske vors Gesicht hielt, versuchte er die Ereignisse zu ordnen: Wie er völlig überraschend vom Ubowca die Papiere ausgehändigt bekommen hatte, wie sie ihm dann wieder abgenommen und schließlich wieder ausgehändigt worden waren, als Dank dafür, dass er Tosia gerettet hatte. Und irgendwann davor der Besuch bei Marta und Agata, wie sie versucht hatte, ihn an ihrer Brust zu zerdrücken. Babcias Sturz im Bus, seine große Klappe in der Schule, die ihn fast den Finger gekostet hätte. Der Revolver, das tiefe Loch im Boden, die Tränen des Ubowca und dessen offizielle Erlaubnis, mit dem verbogenen Kartoffelmesser den ganzen Dachboden zu beschriften. Wie sehr ihm das geholfen hat, nicht in weitere Grübeleien zu verfallen. Auf die Frage, warum seine Eltern ihn verlassen hatten, gab es sowieso keine Antwort, wie die Babcia sagte:

»Ich wette, das können sie dir selbst nicht beantworten. Es kann nämlich keinen guten Grund geben, ohne seinen Sohn auszureisen. Und wenn sie etwas anderes sagen, dann lügen sie.«

Obwohl der Chirurg auch mit einem Messer arbeitete, fragte er sich, ob es einen Beruf gäbe, der daraus besteht, Buchstaben in Balken und Wände zu ritzen, und wenn ja, ob es vielleicht nicht der bessere Beruf für ihn wäre, als Arzt zu werden wie sein Vater, wovon er bisher immer ausgegangen war. Als er die Berufsfrage mit dem Vater am Telefon besprechen wollte, hatte dieser nur gesagt, dass ein Chirurg besser mit dem Messer umgehen könne als jemand, der Striche in die Wand ritze, und dass er sich keine Sorgen um die Babcia mehr machen müsse, weil die Operation gut verlaufen sei.

»Sie wird wieder gesund, bald kannst du nach Hause fahren.«

Darauf hatte er geantwortet, dass er die Wahrheit kenne und nicht geschont werden müsse.

»Du hast recht, sie wird nicht wieder gesund. Sie ist verstorben«, gab der Vater zu.

Aber er musste sich getäuscht haben, da die Babcia doch neben ihm im Flugzeug saß. Oder hatte er sich nicht getäuscht und sich nur eine falsche Vorstellung vom Tod gemacht? Vielleicht bedeutete tot zu sein, als ein Schatten seines früheren Ichs herumzulaufen, der allen etwas ins Ohr flüsterte, um ein Leben vorzutäuschen?

Wieder geriet er durcheinander, wo diejenige Wirklichkeit zu finden war, die seine Geschichte richtig wiedergab. Die Eltern im Westen würden ihm jedenfalls nicht bei der Reihenfolge helfen können, dachte er, während die Stewardess die Anschnallgurte kontrollierte. Und die Babcia hat ihm schon bei der Ankunft am Warschauer

Flughafen gesagt, dass sie auf keinen Fall in Deutschland bleiben werde:

»In drei Wochen bin ich zurück in Radomsko. Ich habe den Krieg überlebt und dieses ganze aufregende Jahr, das sollte für das restliche Leben reichen. Ich sag es dir lieber jetzt schon, damit es später keine Tränen gibt.«

Er verstand nicht genau, was sie ihm damit zu sagen versuchte. Hieß das, dass er nicht mit ihr zurückfliegen würde?

Dabei hatte er doch nur eingewilligt, seine Eltern zu besuchen, keinesfalls würde er bei den Deutschen bleiben. Das hatte er auch dem Herrn Ubowca versprochen.

Doch er widersprach der Großmutter nicht, damit sie sich nicht noch mehr aufregte vor dem Flug. Wenn sie gelandet waren, würde er auf ihre Abmachung noch einmal zurückkommen.

»Ich komme nicht an den Nerz heran«, sagte die Mutter. Sie streckte sich auf Zehenspitzen nach den oberen Schränken. »Wirklich alles hat sie in Plastiktüten verpackt. Wie ihre Mutter. Die hat sogar den Teppich in Plastik gesteckt, um nicht saugen zu müssen.«

Mottenpapier fiel ihr entgegen. Sie räusperte sich das Zeug aus dem Gesicht.

»Scheußlich, wie kann man nur so leben.«

»Es sind zu viele. Wo sollen denn die Flüchtlinge alle hin«, sagte der Vater, während er konzentriert auf den Fernseher starrte.

»Was macht die Merkel im polnischen Fernsehen?«, wunderte sich die Mutter.

»Uns hat damals niemand eingeladen, uns hat niemand geholfen.«

»Reg dich nicht auf. Die wissen nicht, wie du morgens um 3 Uhr aufgestanden bist, um auf dem Großmarkt Obstkisten zu schleppen. Und wie du dann zum Studieren nach Heidelberg musstest, weil die Deutschen dein Studium nicht richtig anerkannt haben.«

»Das in Polen ohnehin besser war«, fügte der Vater hinzu, ohne seinen Blick vom Fernseher abzuwenden.

Die Mutter stieg auf einen Stuhl und holte den Nerz aus dem Schrank. »Völlig zerfressen«, sagte sie zu sich selbst und warf ihn in die Mülltüte. Dann sprach sie wieder in den Raum hinein: »Wir mussten uns alles selbst erarbeiten. Ich bin morgens putzen gegangen, obwohl ich in Polen eine eigene Apotheke geleitet habe. Weißt du noch, wie verheult ich von der Gerichtsverhandlung nach Hause kam. ›Ihr Mann wird doch bald Arzt, dann haben sie genug Geld. Sie brauchen keine Berufserlaubnis, eine Arbeitserlaubnis reicht‹, hat der Richter gesagt. Niemals hat mich jemand so zum Weinen gebracht wie dieser Richter am Karlsruher Arbeitsgericht. Nicht mal der Araber aus dem Asylantenheim. Der Araber ist ein Araber, der kann nicht anders, der hasst Frauen, aber der Richter, der Recht sprechen sollte, der wollte uns Ausländern aus purem Neid nichts gönnen, obwohl er genau wusste, dass sein Sohn mit unserem in einer Klasse war.«

»Das ist Wahnsinn, was die Merkel macht. Ich bin Arzt, und es ist nicht meine Aufgabe, depressive Syrer von der Straße zu holen und ihnen Deutsch beizubringen.«

»Weißt du noch, unser Freund Rudolf Kaminski? Der uns am Frankfurter Flughafen abgeholt hat? Wie freundlich der am Anfang war. Er und vor allem seine Frau Heidi. Die wollten den armen Asylanten helfen. Aber je besser es uns ging, desto neidischer wurde Rolf. Dabei hat er selbst nie etwas im Leben leisten müssen, hat eine Stelle übernommen bei Siemens, weil sein Vater dort ein hohes Tier war. Der hat noch nicht mal studiert. Schon unseren zweiten Gebrauchtwagen konnte er nicht ertragen. Ständig kamen dumme Sprüche. Als ich später die Apotheke aufgemacht habe und wir ihn mit unserem ersten Mercedes besuchten, ist er fast explodiert. Er hat geglaubt, dass wir ihn betrügen. Wir mussten ihm sogar seinen Schraubenschlüssel zurückgeben. Dabei hat er für Siemens die halbe Welt bereist. Glaubt die Merkel etwa, das mit den Asylanten hätte jemanden wie Rudolf tolerant gemacht? Im Gegenteil, der sah doch überall nur unzivilisierte Wilde. Alle, die nicht deutsch waren und bei Siemens arbeiteten, waren Dummköpfe. Und seine Mutter, die war ein richtiger Nazi, die hasste Polen, obwohl sie polnische Vorfahren hatte.«

Der Vater stand auf und griff nach der Ofenschaufel. Dann drehte er sich zu der Leiter, auf der ich stand, und schrie auf Polnisch los:

»Wir sind gefahren, weil wir wollten, einfach so, ohne einen bestimmten Grund, aus purer Lust, von einem Moment auf den nächsten beschlossen und schon waren wir weg. Kris und Sofia kamen zu Besuch, wir tranken Wodka, sie erzählten, dass sie Reisepässe beantragt hatten, und wir wollten mit, in den Urlaub. Wir sagten niemandem etwas, nur Radek wusste Bescheid. Einen Monat später waren wir weg. Bei uns auf dem Dorf hatten wir alles, was wir brauchten. Alles! Uns hat es an nichts gefehlt! Wir sind gefahren, um uns nicht zu langweilen, um verdammt nochmal etwas Neues zu erleben.« Seine Stimme wurde schrill und überschlug sich. Die Mutter versuchte, ihn zu beruhigen. Er aber schrie lauter, bis er schließlich – so als hätte sich seine Stimme von ihm abgelöst – nur noch den immer gleichen Satz vor sich hin fauchte, immer und immer wieder:

»Wir haben nur an uns gedacht.«
»… nur an uns gedacht.«
»… uns … uns … uns.«

Im Wohnzimmer wurde es wieder ganz still, als wäre es das Zentrum eines Orkans. In Zeitlupe nahm die Mutter den Vater in den Arm. Dann erst ließ er die Schaufel fallen, und zusammen sackten sie auf das Sofa. Sie kamen mir steinalt vor. Ich schaute aus dem hintersten Winkel der Decke auf sie hinab und dachte daran, wie oft ich sie früher danach gefragt hatte, warum sie gefahren waren, und wie ich ihre Antworten gleich wieder vergessen hatte, um ihnen beim nächsten Wiedersehen wieder die gleichen Fragen stellen zu müssen. Vielleicht lag es an den deutschen Vokabeln, die an unsere polnischen Fragen nicht heranreichten, dachte ich damals. Wo war die Wahrheit zu finden, wenn die Worte sie nicht mehr transportierten, weil nichts dauerhaft an ihnen hängen blieb. Heute aber lag alles in meiner Reichweite. Ich musste nur die Leiter hinuntersteigen und zugreifen. Heute sagte der Vater endlich die Wahrheit, die mich entlastete. Sie haben es der Freiheit wegen getan.

»Du musst zuerst deine Mutter umarmen. Väter kannst du viele haben, aber du hast nur eine Mutter.«

Je näher sie dem Exit kamen, desto häufiger wiederholte die Babcia diese Worte, als spräche sie ein Gebet. »Nicht vergessen, zuerst deine Mutter.«

Sie zitterte am ganzen Körper, er spürte das genau, obwohl sie wie sonst so entschieden zum Ausgang schritt. Er hätte wohl auch zittern müssen, wegen des bevorstehenden Wiedersehens mit den Eltern. Doch er war vollkommen ruhig.

»Zwei Stunden Flug, und schon bist du für immer in Deutschland«, sagte sie, als könne sie es nicht glauben, wo sie gelandet waren.

Eine bange Erwartung erfüllte ihn, diese unfassbare Fremde da draußen, unvorstellbar, oder zumindest gut verstellt durch Flughafenwände, Gänge, Korridore, überall schauten ihn farbige Dinge an, Menschen-Farben durch jede Wand hindurch. Nach oben zu blicken, das traute er sich nicht, dort spürte er ihre bunten Schritte. Am Boden flache, runde, schwarze Gumminoppen, münzgroß. Eine seltsame Ruhe ging von dem Gummiboden aus, irritierend genau lenkte er seine Schritte, jeder Schritt zunächst ein weiches Einrasten, dann ein ziehender Widerstand, als wäre er kleben geblieben. Die Fortbewegung an Flughäfen wurde vom Boden aus gelenkt, folgerte er.

Seinen türkisen Kommunionanzug empfand er als peinlich grell, noch peinlicher und greller als bei der Kommunion schon. Peinlich ausgestellt für das große Wiedersehen. Der Korridor bog um eine Ecke. Die Gewohnheit in ihm fragte, was dahinter kommen würde, obwohl die gläserne Wand den Blick auf eine große Menschenmenge nicht verhinderte. Hand in Hand mit der Babcia blieb Wand irgendwie Wand.

»Dort müssen sie irgendwo sein, schließlich kurven wir jetzt schon ewig in dieser Transitzone herum«, sagte die Babcia.

Er dachte, dass es blöd war, in fremden Gesichtern Ausschau zu halten nach einer nur für ihn bestimmten Träne. Zunächst zur Mutter, dann zum Vater, na ja, und die Schwester, das wird sich wahrscheinlich irgendwie ergeben. Wenn nur all die fremden Leute nicht zuschauen würden.

Und dann plötzlich: Mutter, zack in die Arme, viele Tränen, ihr langes Haar, diese schöne Bräune, sie freute sich. Er ließ es mit sich geschehen, ein wenig steif, mehr ging nun mal nicht. Zack, der Vater mit der Schwester auf dem Arm, ein wenig durfte auch er abheben. Keine Tränen, aber Freude, mehr ging wohl auch beim Vater nicht. Dazu ein bärtiger Typ mit einem Fotoapparat und eine blonde Tante an seiner Seite. Wo war die Babcia?

»Das ist Rudolf«, so der Vater. »Das ist Heidi«, so die Mutter.

Erwachsene werde ich doch nicht mit dem Vornamen ansprechen müssen, wunderte er sich. Die wenigen, mühsam erlernten deutschen Vokabeln reichten bei weitem nicht aus, um Guten Tag zu sagen. Die Mutter streichelte ihm über den Kopf, eine entschuldigende Geste für seine Schüchternheit. Fragt sich nur, warum, war ja nicht seine Idee, in die RFN auszureisen. Er dachte an das Grand Hotel, an jeden Tag Kicken im Hof bis spätabends und danach ohne unnötige Ermahnungen – die Babcia hatte deutliche Vorteile gegenüber den Eltern, erinnerte er sich jetzt wieder – schwarzfüßig vor die Glotze, Sommer 1985, der im fernen Exil bereits der Vergangenheit angehörte, obwohl er gerade erst begonnen hatte.

Auf der Autobahn wurde ihm klar, dass er bei seiner Rückkehr wenigstens etwas zum Angeben haben würde. Die Hofidioten hatten keine Ahnung, wie schnell ein Porsche wirklich war und wie viel Farbe er hinterließ. Sicher hatten sich die Bestien noch nie in einem knallgrünen VW Golf bei 150 km/h in eine Spur mit so vielen anderen Farbspuren eingeordnet. Sicherheitshalber zählte er sie alle.

Still saß er mit der Babcia und der Schwester auf dem Rücksitz und begaffte die Raserei. Die Schwester hatte rote Sandalen und ein Blumenkleid an. Beides kannte er nicht an ihr. Die hellglatten Betonplatten, die in regelmäßigen Abständen ein unbekanntes dumpfes Klopfen der Räder verursachten, erinnerten ihn an die Güterzüge in Radomsko. Mal drehte er seinen Kopf nach rechts, mal nach links, seltener nach hinten, da er die Eltern im Auge behalten wollte. Obwohl die Sicht nach hinten durch die große Scheibe besonders verlockend war, da er dort schon von weitem sah, wie sie Anlauf nahmen zum blitzschnellen Überholmanöver.

Und die Babcia, sie saß immer noch neben ihm und hielt sich an ihrer Handtasche fest. Wer hätte gedacht, dass es hier so schön sein könnte und so aufregend neu, nicht wahr, Babcia?

Die Babcia wird es sicher verstehen, dachte er, sollte er doch hierbleiben müssen, obwohl er ihr sein Wort gegeben hatte, dass er nicht in Deutschland bleiben würde, aber das waren ja schließlich seine Eltern, und vielleicht würde er die Babcia noch überreden, dass auch sie dabliebe? Die Tage des Kommunismus waren doch gezählt, und es würde alles nur noch schlimmer werden, hatte sie selbst gesagt, und dass wir bald nicht genug zu essen haben würden wie im Krieg. Also wozu dahin zurückkehren, Babcia, wozu, es gibt keinen Grund, du musst einfach bei mir bleiben, und ich werde mich um dich kümmern. Das alles würde er der Babcia später sagen, wenn sie sich etwas beruhigt hatte, weil, wenn sie aufgeregt war, dann brachte es nichts, über solche Dinge mit ihr zu sprechen, später, später ganz bestimmt würde er ihr alles ganz genau erklären.

Mit weit aufgerissenen Augen schaute er hinaus, wie auf ein nie da gewesenes Spektakel von der Erschaffung der Erde. Seine Gedanken rasten, sein Herz bebte, die Bilder brannten sich für immer in seine Netzhaut ein. Er würde lange nicht schlafen können.

Ungläubig betrachtete ich die Wand und fragte mich, wie lange ich schon statt zu schreiben die Buchstaben hineingeritzt hatte, einen nach dem anderen, immer der Decke entgegen. Im Gegensatz zu einem Tapezierer hatte ich immer unten angefangen, mich nicht an die Satzlehre oder die Reihenfolge der Geschichte gehalten, der Text – wenn auch verborgen – war ja da gewesen. Ich hingegen hatte Zusammenhänge und Zeitläufe neu ausgemessen, nach Schwachstellen gesucht, indem ich an einem Buchstaben bis zu einer Stunde, an einem Wort einen Vormittag oder länger, an einem Satz manchmal einige Tage gesessen hatte. Ich hatte nicht angefangen, eine andere Stelle zu bearbeiten, bis ich an dem vorgenommenen Abschnitt den dunklen Korridor durchschimmern sah. Bald hatte ich sogar den Eindruck, Zeit spielte keine Rolle, und ich hätte das Wohnzimmer niemals verlassen, wäre jeden Morgen aufs Neue mit der gleichen Frage aufgewacht: Was passiert, wenn ich alle Buchstaben in die Wand geritzt habe?

Ich stieg von der Leiter herunter, erleichtert, dass ich noch rechtzeitig fertig geworden war. Da hörte ich ein schweres Schleifgeräusch hinter mir. Ein dunkler Schatten legte sich auf die Wand, wie eine Sonnenfinsternis. Ich dachte schon, es sei nur Einbildung, bis ich auf der Messerklinge vage die Umrisse der Eltern erkannte, wie sie am Regal rüttelten. Weil ich noch in eine Staubwolke aus Putz gehüllt war, hatten sie mich wahrscheinlich aus den Augen verloren. Obwohl ich wusste, dass Objekte in Wirklichkeit näher sind, als sie im Spiegel erscheinen, glaubte ich noch genug Zeit zu haben, um ihnen Fragen zu stellen.

»Was habt ihr vor?«, rief ich.

Da aber hatte ich mich bereits verschätzt und konnte mich nicht mehr rechtzeitig von der Wand lösen. Das Regal wurde zurück an seinen Platz geschoben. Ich wurde zwischen Wand und Regal völlig platt gedrückt. Der Vater bestätigte das gelungene Manöver mit einem Kopfnicken. Aus Sicht der Eltern war das Wohnzimmer endgültig leergeräumt. Es war nicht mehr zweigeteilt und damit rehabilitiert. Beide blickten zufrieden auf die zugestellte Wand.

»Lass uns nach Hause fahren, wir waren lange genug hier, es ist arm und dreckig, ich kann diese Wohnung nicht mehr sehen«, hörte ich die Mutter sagen.

Ich hingegen hatte trotz des schweren Regals auf der Brust und der gestanzten Buchstaben im Rücken den seltsam angenehmen Eindruck, an genau den richtigen Ort gedrückt worden zu sein.

Ich konnte die Babcia sehen, wie sie mit dem achtjährigen Jungen an der Hand in eine Pfütze lief. »Achtung! Pfütze!«, rief ich. Sie drehten sich zu mir um und winkten wie zum Abschied. Da begriff ich, dass ich nicht nur wegen Babcias Begräbnis nach Polen gefahren war, sondern auch um die ruhelose Suche dieses Jungen nach dem richtigen Ort zu beenden. »Entschuldige«, sagte ich zu ihm wie ein Vater, all die Jahre hatte ich immer den Eindruck, dich zu verraten, wenn ich nicht an dich dachte. Er und die Babcia liefen tiefer in die Pfütze hinein und den sich darin spiegelnden Wolken entgegen, bis sich die Pfütze über ihnen schloss. Ich fragte mich, ob sie jetzt glaubten, von unten in ihren Himmel zu schauen, während das doch der Boden unter meinen Füßen war.

Leise verließen die Eltern die Wohnung. Ihre Schritte holten mich zurück ins Wohnzimmer. Ich hörte sie deutlicher denn je im Korridor entlang der Wand, an die mein Ohr gedrückt wurde und die unter den Stichen des Kartoffelmessers zu einer pergamentdünnen Membran zerrieben worden war.

Schließlich, fast unmerklich, wurde mein Atem durch das Gewicht des Regals immer flacher. Gerade in dem Augenblick, als ich mein Gesicht zu einem Spalt drehte, um mehr Luft zu bekommen, stürzte die Wand ein. Ich schaffte es gerade noch, dem schweren Regal zu entkommen, ehe es auf die Trümmer kippte.

Eine Weile lang stand ich im Durchzug und wusste nicht, was ich denken sollte. Dann aber begann ich, die neue Aussicht direkt auf den aufgerissenen Korridor zu genießen. Er hatte alles Unheimliche verloren. Keine Einbrecher, weder Russen noch Deutsche, zu sehen. Ja, ich lachte sogar richtig auf vor Freude. Vielleicht könnte ich mit den Eltern noch einmal von vorne anfangen, dachte ich. Schwebend verließ ich das Wohnzimmer und folgte dem hellen Gang in den Hof.

Am Kastanienstumpf stieg ich in meinen alten Mercedes. Der Hof war ganz leer. Keine spielenden Kinder, die meinem Wagen hätten folgen können, keine Nachbarn, die hinter Vorhängen lauerten. Vermutlich standen sie alle im Korridor und wunderten sich über den Durchbruch.

Am Bahnübergang hatte sich ein Stau gebildet. Als der Schlagbaum wieder hochgefahren wurde, entdeckte ich in der Ferne den Wagen der Eltern, wie er an der nächsten Kreuzung nach Norden abbog. Ich aber war noch nah genug am Haus dran, um das starke Beben zu spüren. Im Rückspiegel sah ich, wie ein enormer Staubpilz gegen den tiefblauen Himmel aufstieg, aus dem sich allmählich tausende Papierstücke lösten und wie pinke Kirschblüten zu Boden schwebten. Es sah unwirklich aus, als hätte jemand nur ein schönes Bild gemalt. Die zerriebene Wand hatte im wahrsten Sinne des Wortes meinem letzten Atemhauch nicht standgehalten, folgerte ich, und das ganze Haus mit in den Abgrund gerissen.

Jemand hinter mir hupte. Ich fuhr weiter geradeaus. Plötzlich fürchtete ich, dass es doch umgekehrt war. Dass nicht sie mich, sondern ich die Eltern zurückgelassen hatte. An der nächsten Kreuzung aber, als ich rechts auf die Autobahn abbiegen musste, entdeckte ich glücklicherweise ihren Wagen. Sie warteten an der roten Ampel auf der anderen Seite und ordneten sich bei Grün mit einem U-Turn hinter mir ein. Dann, als ich gerade überzeugt war, dass sie mir folgen würden, bogen sie in Richtung Osten ab, nur um sich schon an der nächsten Kreuzung in der Nähe einer Tankstelle vor mir einzureihen. Kaum hatte ich mich mit dem Gedanken angefreundet, doch der Nachfahrende zu sein, änderten sie wieder so abrupt die Richtung, dass es unmöglich war, ohne selbst in Gefahr zu geraten, ihren Weg einzuschlagen. So erging es mir allein in der Stadt Radomsko noch zwei Mal. Und jedes Mal dachte ich, nun sei es wirklich das letzte Mal, dass uns eine Kreuzung trennte.

Bis ich es schließlich ganz aufgab, ständig im Rückspiegel oder sonst wo Ausschau zu halten, ob nicht eine unerwartete Wendung mir etwas Neues über uns erzählen könnte. Und für einen Augenblick war mir ungewöhnlich leicht zumute, als wäre ich kein Zurückgelassener und niemandem mehr verhaftet, nur aus dem Staub gemacht, den ich selbst hinter mir aufwirbelte.

Penguin Random House Verlagsgruppe FSC® N001967

1. Auflage

Satz: Uhl + Massopust, Aalen
Druck und Einband: GGP Media GmbH, Pößneck
Coverdesign: buxdesign I Daniela Hofner
unter Verwendung eines Motivs von © DEEPOL by plainpicture
Printed in Germany
ISBN 978-3-630-87688-7

www.luchterhand-literaturverlag.de